dtv

Wessely war viele Jahre lang Arzt in Bad Gastein im Salzburger Land. Sein Leben wird, spürt er, zur Erinnerung: an Elisabeth, die verstorbene Mutter seiner Tochter Hanne, die weit weg in den USA lebt, an Monica, seine große unerfüllte Liebe. Da bringt ihn ein Freund auf die Idee, eine Reise ins Canyonland und seine unnahbare, karge Felslandschaft zu unternehmen. Während er dort, in der Einsamkeit, hofft, zu sich selbst zu finden, stirbt sein Vater, durch den Wessely sich so lange an das viel zu große Haus gebunden fühlte. Nach seiner Rückkehr weiß er, dass er sich seinem Leben, dem alten und dem zukünftigen, ganz neu stellen muss. Ein einfühlsamer, bezwingender Roman über Alter, Altern und den Mut zu Lebensentscheidungen.

Walter Kappacher, geboren 1938 in Salzburg. Seit 1978 freier Schriftsteller. Zahlreiche Auszeichnungen, u. a. Hermann-Lenz-Preis 2004, Großer Kunstpreis des Landes Salzburg 2006; Mitglied der Deutschen Akademie für Sprache und Dichtung und der Bayerischen Akademie der Schönen Künste. Zuletzt erschienen: ›Selina oder das andere Leben‹, ›Hellseher sind oft Schwarzseher‹, ›Der Fliegenpalast‹, die Erzählung ›Rosina‹, ›Die Amseln von Parsch und andere Prosa‹ und ›Die Werkstatt‹. Für sein Gesamtwerk wurde Walter Kappacher 2009 mit dem Georg-Büchner-Preis ausgezeichnet. Er lebt in Salzburg.

Walter Kappacher

Land der roten Steine

Roman

Deutscher Taschenbuch Verlag

Von Walter Kappacher
sind im Deutschen Taschenbuch Verlag erschienen:
Ein Amateur (13965)
Der Fliegenpalast (13891)
Morgen (13874)
Selina oder das andere Leben (13872)
Silberpfeile (13873)
Wer zuerst lacht (14009)
Rosina (14185)

Ausführliche Informationen über
unsere Autoren und Bücher
finden Sie auf unserer Website
www.dtv.de

MIX
Papier aus verantwortungsvollen Quellen
FSC® C019821

2014
Deutscher Taschenbuch Verlag GmbH & Co. KG, München
Lizenzausgabe mit Genehmigung des Carl Hanser Verlags
München

Umschlagkonzept: Balk & Brumshagen
Umschlagfoto aus dem Privatbesitz des Autors
Druck und Bindung: Druckerei C.H.Beck, Nördlingen
Gedruckt auf säurefreiem, chlorfrei gebleichtem Papier
Printed in Germany · ISBN 978-3-423-14339-4

Do you think the rocks are listening to us?
David Lee

Vita nuova

Wessely hielt auf der Brücke über dem Wasserfall inne. Das gewohnte ohrenbetäubende, beinah donnerartige Getöse, welches er wie die meisten Gasteiner oft gar nicht mehr wahrnahm, schien auf einmal nachzulassen. Die Straßenbeleuchtung in der Salzburger Straße war immer noch nicht repariert worden. Auf einmal fuhr ihm im Kopf alles zusammen: Canyonlands vor vier Wochen, jener Tag völlig allein in der Wildnis im *Maze*-Distrikt, die Angst, Everett, der Fahrer, kehre nicht mehr zum Zeltplatz zurück. Der Augenblick am Ende der Autopiste von Needles vor vier Jahren, als er zum ersten Mal gespürt hatte, wie etwas ihn hineinzog, hinüberzog in diese Welt. Elisabeths Kollaps in dem Hotel in Moab während der ersten Reise in die USA, das Gespräch mit seinem Freund Hans Maxwald im *Gasthof Post* nach dessen Lichtbildervortrag über einige Nationalparks im Südwesten der USA ... Die ihn verstörenden, gleichzeitig läuternden Felsmalereien am Ende der Expedition ... War es nicht seltsam, dass es sie beide unabhängig voneinander nach Canyonlands gezogen hatte und dass der viel unternehmungslustigere Hans es nicht in die *Maze* geschafft hatte? Bald würde es ein Jahr her sein, dass er den Hans nach so vielen Jahren wiedergetroffen hatte. Ihr Konflikt wegen Elisabeth vor beinahe vierzig Jahren schien sich endlich in Nichts aufgelöst zu haben. Beide hatten sie bekannt, sich jetzt nicht wieder aus den Augen verlieren zu wollen. Hans, der seit vielen Jahren in Tamsweg lebte, und auch Wessely, beide hatten sie beteuert, an dem Ort, wo sie lebten, nicht angewachsen zu sein. Sein Vater, hatte Wessely gesagt, sei sterbenskrank, würde nicht mehr lange leben, und öfter schon habe er sich überlegt, wo er sich nach seiner Pensionierung niederlassen könnte. Immer wieder einmal habe er in Betracht gezogen, ins Tal nach Hofgastein hinunterzuziehen, hier oben werde ihm manchmal alles zu eng.

Der Schock bei der Rückkehr aus Utah: sein Vater inzwischen verstorben, das Haus leer. Vor der Expedition hatte er von Moab aus Doktor Fürstauer in Gastein angerufen, Vaters Zustand schien sich nicht geändert zu haben; nachher, vor dem Rückflug, war keine Verbindung zustande gekommen. Er versuchte sich zu erinnern, wo in den Canyonlands er sich an jenem Tag befunden haben mochte, aber er war zu aufgeregt und zu erschöpft von dem zwölfstündigen Flug. Am nächsten Morgen ging er zum Friedhof und anschließend zum Steinmetz. Als er nach seiner Rückkehr spät abends Vaters Zimmer betreten hatte, war es leer gewesen, es roch noch wie vier Wochen zuvor nach Kampferöl. Trotz der späten Stunde hatte er Fürstauer angerufen; dieser berichtete ihm, der Vater sei an einer Lungenentzündung gestorben, welche sich sehr rasch ausgebreitet habe. Eigentlich sei er bis zuletzt überzeugt davon gewesen, der Herr Kommerzialrat würde noch viele Monate weiterleben. Zusammen mit Ludmilla hat Fürstauer das Begräbnis organisiert.

Erst heute, lieber Hans, bald drei Wochen nach der Rückkehr von meiner Reise, bin ich beim Durchblättern und

Lesen des hohen Stoßes der *Salzburger Nachrichten* am siebzehnten September angekommen und las bestürzt, dass du vor vier Wochen gestorben bist. Diese Zeilen im Lokalteil, in dem täglich die Verstorbenen aufgelistet werden, haben mich erschüttert. Ich fragte mich, ob es mein Schicksal sei, es mit lauter Verstorbenen zu tun zu haben. Zuerst meine Mutter, dann voriges Jahr unsere alte Freundin Elisabeth, Mutter meiner Tochter Hanne, und schließlich, während ich mich im Südwesten der USA aufhielt, mein Vater, der seit Jahren schwerkrank war, der sterben wollte, aber nicht sterben konnte. Zuletzt saß er tagsüber nur noch in seinem Zimmer, welches er bis auf einen Sessel und ein Kästchen, auf dem seine Medikamente und das Wasserglas standen, hatte leerräumen lassen. Regungslos saß er den ganzen Tag in seinem Lehnstuhl, bis die Pflegerin ihn zu Bett brachte. Seit Mai hatte er kaum noch etwas gegessen. Von meinen ärztlichen Künsten hat er nie viel gehalten, er ist ja, wenn er ärztliche Behandlung brauchte, alle die Jahre immer zu meinem Kollegen Fürstauer nach Bad Hofgastein gefahren. Da er sein Gebiss in den letzten Jahren nicht hatte richten lassen, war sein Mund eitrig. Genug. Er wollte unbedingt, dass ich diese Reise anträte. Einmal dachte ich sogar: Er will mich bei seinem Begräbnis nicht dabei haben ... Den Flug nach Salt Lake City hatte ich schon im Frühjahr gebucht. Seit Juni ging es dem Vater so miserabel, dass ihm auch mein Kollege, den ich beigezogen hatte, keine vier Wochen mehr gab. Lieber Wessely, hatte Fürstauer damals gesagt, probieren wir einmal, wie er auf Aricept anspricht. Mein Abflugtermin rückte näher und näher, und der Zustand meines Vaters veränderte sich nicht. Dann die Nachricht von Hanne aus Montreal, sie habe sich von Hector getrennt und arbeite seit kurzem wieder an der Universität in Montreal, wo sie wie ihre Mutter vorher schon einige Jahre tätig gewesen war. Der Kleinen gehe es gut. Ich entschloss mich, den Flug noch nicht zu stornieren. Immer noch bedauere ich es, Hans, dass wir diese Reise nicht gemeinsam unternommen haben. Und jetzt kann ich dir nicht einmal davon erzählen. In zwei Monaten jährt sich unser Wiedersehen nach so vielen Jahren, als du den Lichtbildervortrag hier in Gastein gehalten hast und ich auf dem Weg dorthin auf dem vereisten Gehsteig beim Parkhaus ausrutschte und tagelang Schmerzen im Knie hatte. Über meinen Vorschlag, beinah meine Bitte an dich, mir von deiner nächsten USA-Reise einen Video-Film über *Canyonlands* mitzubringen, kann ich jetzt nur noch schmunzeln.

Lieber Hans, hatte Wessely damals gesagt, als er an der Schwelle des Hinterzimmers des *Gasthof Post* neuerlich gestolpert war, es ist nichts, bloß mein Knie, ich bin auf dem Herweg auf dem vereisten Gehsteig ausgerutscht; mein Meniskus ist wie bei vielen Menschen in unserem Alter etwas lädiert. Meinen Patienten habe ich in solchen Fällen manchmal zu einer Operation geraten ... Der Kollege Wagner-Kastl in Salzburg ist spezialisiert darauf. Im Sitzen schmerzt es beinah mehr als beim Gehen. Aber wir wissen ja, der Erfolg solcher Operationen ist zweifelhaft ... Wie lange hast du denn ordiniert, bevor du auf Reisen gingst? Warum bleibst du nicht über Nacht hier in Gastein? hatte er zu Hans gesagt. Ein Bett in meinem Haus könnte ich dir anbieten, eines von siebzehn Zimmern könntest du dir aussuchen ... Kein angenehmer Gedanke, scheint mir, jetzt in der Nacht nach Salzburg fahren zu müssen auf der bis zur Autobahnauffahrt schneeglatten Straße. Wir haben uns so lange nicht gesehen, bleib doch … Aber Hans hatte den Kopf geschüttelt: Morgen Vormittag habe er einen Pressetermin in der Stadt. Die letzte Veranstaltung dieser Vortragsreihe finde ja am kommenden Abend in Salzburg statt.

Seit ich damals, hatte Wessely gesagt, während Maxwald schon wieder sein Handy kontrollierte, die Plakate für deinen Lichtbildervortrag überall in Bad Gastein hängen gesehen habe, war ich wie elektrisiert von einer Idee, besonders nachdem du dann am Ende deines Vortrags verkündet hast, du würdest nächstes Jahr wieder in den Südwesten der USA reisen und weitere Nationalparks besuchen. Erst einmal war ich enttäuscht, dass du nur in den populären Nationalparks fotografiert hast, aber natürlich, es ist das, was die Leute sehen wollen, wohin sie möglicherweise in einem gemieteten Auto selber fahren können … Falls du in den Canyonlands-Nationalpark kommst, hatte ich mir vorgestellt, du könntest dort für mich Filmaufnahmen machen … Zwar möchte ich selbst in diese Region des Parks, bin aber nicht sicher, ob ich es schaffe. Wie schon gesagt, ich beabsichtige im April meine Praxis zu schließen, die Krankenkasse hat bereits einen Nachfolger bestimmt. Es reicht mir. Ich möchte nicht wie mein Vorgänger Wallner enden, der auf einer Bergwanderung tot umgefallen ist. Weißt du, hatte er gesagt, eine Zeitlang hatte ich mir – vor vielen Jahren – vorgestellt zu versuchen, in Salzburg oder Hallein oder sonstwo in Stadtnähe eine Praxis zu bekommen. Ich hätte schon vor zwei Jahren aufhören können, aber nachdem ich meinen Pensionsantrag eingereicht hatte, ist meine Mutter gestorben, die meinen Vater betreut hat, und so hab ich noch eine Weile weitergemacht und mich um ihn, der immer unleidlicher wurde, gekümmert. Anzeichen einer Demenz. Nach ein paar Monaten brauchte er eine Rund-um-die-Uhr-Betreuung. Gegen mich hatte er immer mehr eine Abneigung entwickelt; aber wir haben uns nie verstanden. Den Gefallen, seine Nachfolge anzutreten, tat ich ihm nicht; ein Hotel zu führen war nicht das, was ich mir für mein Leben vorgestellt hatte. Aber schließlich hat er nachgegeben. Die Rezeption ist in den ersten Stock verlegt worden, und so war dann Platz genug für eine Praxis.

Während Wessely sich mit dem in den dreißiger Jahren im Südwesten Utahs verschwundenen Everett Ruess beschäftigt hatte (mit der Post war das bestellte Buch über Ruess angelangt), von dem Everett Kish, sein Fahrer während der Expedition, ihm mehrmals berichtet hatte, fiel ihm die verschwundene Monica wieder ein, und er legte den Band mit den Briefen, Tagebüchern und Fotografien von Ruess auf die Seite. Die Erinnerung an Monica schien sich endlich in entlegene Canyons seines Kopfes zurückgezogen zu haben. Später fiel ihm ein, dass Everett Kish ihm während ihrer Reise auch von einem jungen Kletterer berichtet hatte, dem während eines schwierigen Abstiegs in einen entlegenen Canyon – ebenfalls in jener Gegend – ein schwerer Felsbrocken, welcher nachgab, den Arm einklemmte, so dass er weder hinunter noch zurück konnte und schließlich nur zu überleben vermochte, indem er sich nach zwei Tagen und Nächten den Unterarm abband, mit seinem Messer abtrennte und die Wunde versorgte, wofür er, wie Everett berichtete, einen halben Tag benötigte. Aber er rettete sich, schaffte es zurück in die Welt und soll inzwischen mit einer Prothese bereits wieder in den Felsen herumklettern. Mein Vater, hatte Everett einmal während der Expedition gesagt, hat in seinen jungen Jahren Ruess bewundert und die Canyons der Gegend um den Escalante River, in denen Ruess zum letzten Mal gesehen worden war, in der Hoffnung durchwandert, irgendeine Spur von ihm zu finden. Und als ich, sein erster Sohn, geboren wurde, hat er mir den Namen Everett gegeben.

Wieder kam ihm Hans Maxwald in den Sinn: Er fühle sich seit einiger Zeit nicht wohl, hatte der Hans gesagt, als sie vor bald einem Jahr in der Kälte vor dem Gasthof gestanden waren. Er sei froh, dass am nächsten Tag die letzte Veranstaltung stattfinde; er werde sich dann im Wiener Allgemeinen Krankenhaus von seinem früheren Kollegen, dem Primar Bräuner, untersuchen lassen. Dann würde er sich melden. Vielleicht besuchst du mich einmal in Tamsweg, hatte Hans gesagt, und wir machen zusammen eine ausgedehnte Wanderung.

Aber der Hans hatte sich nicht gerührt, auch hatten sie damals ihre Adressen nicht getauscht, und Wessely hatte im Frühjahr den Kopf voll gehabt mit Angelegenheiten die Auflösung der Praxis betreffend und hatte sich außerdem um den schwerkranken Vater gekümmert, obwohl dieser darauf gar keinen Wert gelegt hatte. Ein paarmal hatte er Hans anzurufen versucht, weil sie ja überlegt hatten, im kommenden Herbst eventuell gemeinsam den Canyonlands-Nationalpark zu besuchen.

Also meine Tochter Hanne, hatte er zu Hans gesagt, als sie aus dem *Gasthof Post* auf die Straße und damit in die Dunkelheit getreten waren, lebt in Albuquerque. Zuerst waren Elisabeth und ich ein wenig entsetzt gewesen – Hanne hatte ja in Montreal an einer technischen Universität eine Stellung mit vielversprechenden Aufstiegsmöglichkeiten –, doch dann, nachdem wir sie vor ungefähr vier Jahren besucht hatten, waren wir begeistert von New Mexico, und ihren Lebensgefährten fanden wir akzeptabel. – Seltsam, dass mir vor dieser Reise nach New Mexico, in den letzten zwanzig Jahren, nie so recht bewusst gewesen ist, dass ich eine Tochter habe ... Warst du einmal in Santa Fe? Elisabeth hat die Hitze während unserer zweiten Reise im Sommer darauf in den Südosten Utahs leider sehr zugesetzt. Ich hab meine Praxis natürlich nur im Sommer für zwei, drei Wochen zusperren können. Hanne und ihr Freund Hector haben uns zum Grand Canyon und anschließend in einen Bereich des riesigen Nationalparks im Süden Utahs gefahren, den sie selber noch nicht kannten. Bevor Monica, eine Freundin aus den USA, mein Phantom nenne ich sie manchmal, mir von Canyonlands berichtete, bevor sie mich beschwor, diese Reise zu unternehmen – einmal hatte sie sogar angedeutet, mitfahren zu wollen –, hatte ich mich beinahe damit abgefunden, mit meinem angeknacksten rechten Knie wahrscheinlich keine derartigen Reisen mehr unternehmen zu können.

Es begann leicht zu schneien, Wessely war am Ortsende angekommen. Er schaute hinunter ins Tal, Hofgastein war ein wenig vom Dunst verschleiert, nur der Kirchturm zu erkennen. Ein Herr mittleren Alters hatte ihn vorhin gegrüßt, eleganter dunkler Anzug, ein Fahrrad schiebend, Klammer am linken Hosenbein, er sah nicht aus wie ein Einheimischer, aber wie hätte er Wessely sonst erkannt? Ich bin nicht mehr euer Herr Doktor, dachte er, aber dieser Doktortitel wird an mir hängen bleiben, damit muss ich mich abfinden. Ärgerlich war, dass er jetzt im Ruhestand, nach der Reise, genauso unruhig, ja manchmal gehetzt war wie in all den Jahren davor. Im Gegenteil: Seit er aus Utah zurückgekehrt war, schien sein Leben auf einmal durcheinandergeraten zu sein. Er musste sich entscheiden, was mit dem alten Elternhaus geschehen solle. Der Bürgermeister war vor einer Woche an ihn herangetreten: Lieber Doktor Wessely, Sie brauchen doch jetzt das Haus nicht mehr – wir aber suchen seit Jahren eine Immobilie für unser geplantes Altenheim, Seniorenheim sagt man jetzt, alt will ja keiner mehr sein.

Damals im Südwesten von Utah, in dem Bereich *Dollhouse* des Canyonlands-Nationalparks, viele Stunden völlig allein in der Wildnis, war ihm vorgekommen, Österreich sei so unendlich weit entfernt, dass es ihm kaum gelang, sich dorthin zu versetzen, und es erschien ihm beinah unwahrscheinlich, er könnte je wieder zurückkehren. Und als er nach der Expedition noch zehn Tage in Moab geblieben war, hatte er tatsächlich einmal zu bleiben überlegt, sein restliches Leben damit zu verbringen, die Gebiete dieses Nationalparks zu durchwandern. Immer wieder war ihm vorgekommen, er habe sich in seinem Leben niemals so wohlgefühlt wie in dieser Gegend. Drei Monate durfte er laut Visum in den USA bleiben. Seit er sich im Südwesten aufhielt, hatte er sein Knie nicht mehr gespürt. Einen gebrauchten Jeep kaufen? Er besaß eine Kreditkarte, eine ansehnliche Pensionssumme würde Monat für Monat überwiesen werden ... Kein Mensch käme dahinter, dass er sich illegal in diesem Land aufhielt, außer er verursachte einen Autounfall oder wurde überfallen.

Ein Vorteil – falls er schließlich doch wieder heimwollte – wäre, dass der Einreisestempel in seinem Pass undeutlich blass und verwischt und kaum entzifferbar war.

Als sie damals am Telefon, Monate nach ihrer gemeinsamen Amerikareise in den Südwesten der USA, einmal Erinnerungen austauschten, drei Jahre war das schon wieder her, hatte Elisabeth gutgelaunt gesagt, er sei in *Needles* nahe der Endstation der Autopiste vorgebeugt, mit der Nase voraus, auf der Felsplatte über dem ausgetrockneten kleinen Canyon gehockt, und es habe ausgesehen, als wollte er etwas *erschnüffeln*. Da hatte er lachen müssen. Was war geschehen damals, als er in den winzigen Canyon, besser wohl in einen *Creek*, einen seit Urzeiten ausgetrockneten Wasserlauf, hinunterschaute auf den schmalen Pfad zwischen verkrüppelten Sträuchern mit eingerollten, offen liegenden Wurzeln, und vor allem hinüber auf den Gegenhang, wo hinauf sich dieser schräge Pfad verlor? Er hatte das monatelang nicht aus dem Kopf bekommen, und eine namenlose Sehnsucht hatte seither in ihm gezehrt.

Ja, in Needles, wohin Hanne und Hector sie beide gefahren hatten, insgesamt eine Fünf-Tage-Reise von Santa Fe aus, wo sie vorher zwei Nächte verbracht hatten. Nach dem Besuch des Grand Canyon und des Monument Valley waren sie zu viert nach Utah hinaufgefahren und hatten in Mexican Hat und am folgenden Tag in Bluff übernachtet. Danach war es in Richtung Moab gegangen. Als sie nach vielen Stunden Fahrt ein paar hundert Meter vor Monticello das Nationalpark-Schild am Straßenrand sahen, überredeten sie Hector abzuzweigen nach *Needles*, hinein in den östlichen Teil des Canyonlands-Nationalparks ... Nach gut einer halben Stunde Fahrt die erste Attraktion: der *Newspaper Rock,* wo indianische Vorfahren vor langer Zeit auf einer schrägen Felswand Nachrichten für Stammesangehörige eingeritzt hatten, die bis heute sichtbar waren. Leider war die Wand da und dort beschädigt: Touristen hatten mit ihren auffälligen Ritzungen weiß Gott wem beweisen wollen, dass sie hier gewesen seien. Nach einigen weiteren Stunden Fahrzeit, nach einem kurzen Halt an einer Rancher-Station, war dann die asphaltierte Fahrbahn zu Ende. Sie waren noch einen sandigen, teilweise felsigen Pfad entlangspaziert, bewunderten – als einzige Besucher – die fingerförmigen, pilzförmigen, manchmal tatsächlich nadelförmigen Reihen von Felsformationen. In dem Faltprospekt, den der Park-Rancher ihnen überreicht hatte, sah er, dass es in diesem riesigen Gebiet eine Unmenge von Wanderwegen und Pfaden gab; der nächstgelegene größere Canyon hieß Elephant Canyon. Lust stieg auf in ihm, hier einmal ein paar Tage mit Rucksack und Wanderstock unterwegs zu sein.

Er war dann allein ein Stück weitergestiegen, bis an dem Canyon-Abhang auch dieser Pfad zu Ende war. Leicht, dachte er, könnte ich diesen gerölligen Hang schräg hinunterklettern zu dem schmalen Weg am Grund, könnte auf der anderen Seite hinaufsteigen und sehen, welche Ausblicke sich mir von dort oben bieten würden, vor allem jene auf die skurrilen pilzförmigen Felsen, die in einer wie ausgeklügelten Formation auf der Anhöhe dem Plateau gegenüber aufgestellt zu sein schienen. Auf einmal war er in einen merkwürdigen Zustand geraten. Der Geist der alten Indianer ist immer noch spürbar, bildete er sich ein. Ihm schien, als liege jenseits dieses Canyons ein gelobtes Land. Eine Sehnsucht packte ihn, auf dem Hosenboden in das wahrscheinlich seit Ewigkeiten ausgetrocknete steinige Flussbett hinunterzurutschen und auf der anderen Seite den Pfad im Canyon entlangzuwandern, der rechterhand um die pilzförmigen Steinmonumente herumführte und dann aus dem Blickfeld verschwand. Hector hatte für diese *Sehenswürdigkeiten*, überhaupt für Landschaftsformen gar nichts übriggehabt. Sogar der überlaufene Grand Canyon hatte ihn ja kaum beeindruckt; allerdings war er nicht zum ersten Mal dort gewesen. Wessely hatten die Blicke in die bodenlose Tiefe, in die Ferne fasziniert; ein solch grandioses Naturschauspiel hatte er noch nicht erlebt. Aber auf der Fahrt Richtung Moab dachte er einmal, den Grand Canyon muss ich in meinem Leben nicht mehr besuchen, eher das weitläufige Wüstengebiet Monument Valley, in dem sie viel zu kurz gewesen waren, weil Hector die Geduld verloren hatte und weiterfahren wollte.

Hanne hatte nach Wessely gerufen, er war aus einer Art von Trance erwacht, immer noch in der Hocke am Rand des Felsens. Es ist schon spät, hatte sie gerufen, wir müssen weiter nach Moab. Auf der Karte sah er dann zu Hause, dass sie bis zum *Big Spring Overlook* gefahren waren; der ausgetrocknete *Creek* hieß *Squaw Flat*; gegenüberliegend gab es auch eine Squaw Butte, den pyramidenförmigen Überrest einer höheren Sedimentlage. Das Gebiet von Needles sei mindestens zweitausend Jahre lang von Indianern besiedelt gewesen, las er.

Moab, eine Gluthölle ... Hanne hatte sie gewarnt. Obwohl sich bei ihrer Ankunft der Abend bereits näherte, begannen sie im Foyer zu schwitzen. Zufällig trafen sie dort Freunde von Hector aus Albuquerque, welche auf dem Weg nach Salt Lake City hier übernachten wollten; Annabel und Carl überredeten sie, mit ihnen den kleineren Nationalpark *Arches*, wenige Meilen nordöstlich von Moab gelegen, noch vor Einbruch der Dunkelheit und vor dem Essen zu besichtigen. Arches hätten sie während ihrer Hochzeitsreise vor vielen Jahren besucht, seither durchstreiften sie jeden Herbst dieses unerschöpfliche Landschaftsparadies. Annabel rettete sie aus dem Hotelzimmer, in dem, während Wessely ein wenig auf dem Bett einschlief, die Klimaanlage ausgefallen war. Elisabeth hatte ihn geweckt, er erschrak über ihren geröteten Kopf. Als er die Eingangstür öffnete, drang eine derartige Hitzewelle herein, dass er zu ersticken fürchtete und raschentschlossen Hanne anrief. Während er sonst für den verrückten Brauch, in den Restaurants eiskaltes Wasser auf den Tisch gestellt zu bekommen, nur ein Kopfschütteln übrighatte, war er nun dankbar für den großen Eiswürfelbehälter, der in jedem Hotel am Gang stand; mit einigen Eisstücken, ins Handtuch gewickelt, kühlte er Elisabeths Stirn. Annabel – welche schon öfter in diesem Hotel logiert hatte – reklamierte an der Rezeption, und innerhalb von zehn Minuten konnten sie ein anderes Zimmer beziehen.

In den folgenden Wochen und Monaten musste er immer wieder an Needles denken. Es gelang ihm nicht, das Rätsel zu lösen, weshalb dieser Geröllgraben und die Blicke darüber hinaus so nachdrückliche Sehnsüchte in ihm verursacht hatten. Was befand sich in jenem Gebiet, was würde er auf der gegenüberliegenden Anhöhe erblicken?

Im Touristenbüro in Moab hatte er sich damals vor ihrer Rückreise alles gekauft, was sie über den Canyonlands-Nationalpark hatten: eine DVD (leider hauptsächlich Schlauchbootfahrten auf dem Colorado zeigend), Landkarten, Ansichtskarten, Broschüren mit – wie er zu Hause dann merkte – Tourenvorschlägen für Mountain-Biker; das Gebiet um Moab, las er, sei ein Zentrum für Mountain-Biking im Südwesten der USA. Hilfreich war vor allem die Landkarte, und zwar nicht die riesige von ganz Utah, sondern die kostenlose über den Canyonlands-Nationalpark; daraus erfuhr er, dass dieser aus drei Teilen bestand: *Island In The Sky*, *Needles*, und *The Maze*.

Immer wieder hatte er sich daheim an den Abenden über die Landkarte gebeugt und den Verlauf ihrer Fahrt in die *Needles* verfolgt. Eine dünne gestrichelte Linie zeigte an, wohin sie nach dem Verlassen des Wagens noch spaziert waren. Er sah, dass der Colorado nahe war, viereinhalb Kilometer Luftlinie ungefähr, also zu Fuß leicht zu erreichen. Das Gebiet jenseits des Flusses hieß *The Maze*, und durch den *Maze*-Distrikt zogen sich Wanderwege. Ein Bereich dieses Gebietes hieß *Land Of Standing Rocks*. Ohne dass er wusste, warum, war dieses Gebiet nun für ihn bedeutungsvoll geworden. Im mitgebrachten Führer las er auch, dass *The Maze* das abgelegenste und wildeste Gebiet des Nationalparks und wahrscheinlich der gesamten USA sei. Keine asphaltierte Straße war in dem Bereich eingezeichnet. Schließlich entdeckte er auf der Karte an einer Stelle eine gestrichelte Linie von Needles durch den Colorado-Fluss hinüber in *The Maze*. Mit dem Lineal maß er die Strecke und überlegte, ob es möglich sei, vom Endpunkt des Wegs in den Needles zu Fuß in das Land der aufragenden Felsen zu gelangen. Und fragte sich, wie stark die Strömung des Flusses bei normalen Verhältnissen sei. Auf der Karte waren im Bereich Needles *unpaved roads for 4-wheel-drive-vehicles* eingezeichnet.

An der Stelle, wo sich auf der gegenüberliegenden Seite des Colorado Rivers der Green River mit ihm vereinigte, war ein *Confluence Overlook* eingezeichnet. Immer wieder jedoch suchten seine Augen jenseits des Colorado das Land der *Standing Rocks*; er verfolgte die gestrichelten Linien der Pisten und geriet schließlich am westlichen Rand der Karte an eine Ranger-Station namens Hans Flat, die einzige weit und breit. Der Weg, der vom Zentrum der *Maze* in engen Windungen hinaufführte zum Ranger-Gebäude, hieß *Flint Trail*. Langsam gewann er auch eine Vorstellung von der geologischen Beschaffenheit des Nationalparks, der sich im Bereich des Colorado-Plateaus befand, welches sich vom Süden Wyomings, von den Rocky Mountains bis nach Arizona hinunter erstreckte. Moab lag 1300 Meter hoch, das *Land Of Standing Rocks* 1700 Meter. Aus dem mitgebrachten Führer wusste er, dass man für eine Fahrt in *The Maze* alles mitbringen müsse, vor allem genügend Trinkwasser, es gebe keine Läden, keinerlei Unterkünfte, und nichts dürfe man hinterlassen, keinen Krümel.

Nach jener ersten Reise in den Südwesten der USA vor vier Jahren hatte er im Internet Brauchbares zu finden versucht. Ein paar Jahre davor, nachdem in seiner Praxis der Anschluss ans *Netz* installiert worden war, hatte er den Begriff JEAN PAUL eingegeben, in dessen Roman *Dr. Katzenbergers Badereise* er abends gerade las. (Der Buchhändler Kitzmüller hatte ihm zu seinem Geburtstag eine schöne alte Ausgabe geschenkt.) Daraufhin erschienen ungefähr dreißig Sites über Jean Paul Belmondo, und er wollte fürs Erste mit dem Internet nichts mehr zu tun haben. Dieses Mal gab er als Suchwort *Land Of Standing Rocks* ein, und eine unübersehbare Menge von Informationen erschien. Offensichtlich gab es in den USA viele Gegenden mit diesem Namen. Unter anderem geriet er in das Reiseangebot einer Firma in Salt Lake City für Expeditionen in den Canyonlands-Nationalpark und druckte sich den Reiseverlauf auf Deutsch aus, worauf eine groteske Übersetzung erschien. Jedenfalls waren auf den Seiten dann auch einige farbige Abbildungen. Vor allem ein Foto fesselte ihn: Das Wort *Chimney Rock* war ihm schon auf der Landkarte begegnet. Nun hatte er eine Ansicht davon, anscheinend war es einer der *stehenden Felsen* in *The Maze*. Das Gestein ragte zuerst pyramidenförmig hoch, ab der Mitte verengte sich die Struktur zu einer unregelmäßigen Röhrenform; man konnte tatsächlich an eine Art von Kamin denken. Am Fuß des Felsens – rundherum wüstenartiges Gelände mit einzelnen niedrigen Büschen – saßen zwei Wanderer in Shorts und weißen Kopftüchern auf Felsen neben ihren Rucksäcken. Am blauen Himmel rechts bedrohlich aussehende Wolken. Eine Idee erschien ihm ebenfalls verlockend: Er kaufe sich einen dieser riesigen neuen Fernseher, stecke eine DVD mit Aufnahmen von *The Maze*, welche ihm vielleicht Hanne besorgte, in das Gerät und schaute sich, sooft er wollte, diese Landschaft an ...

Ein paar Tage später fiel ihm beim Friseur plötzlich ein, dass man eine Reise in *The Maze* lange im Voraus buchen musste, und er wählte zu Hause die Telefonnummer der Agentur von Bill Anderson, dessen Adresse er in einem Faltprospekt gefunden hatte. Fragen wollte er, ob es möglich wäre, im Jeep von Needles aus in die Nähe des Colorado zu fahren, in aller Frühe, dann mit dem Rucksack voller Wasserflaschen den Pfad entlang bis zum Ufer zu wandern, hinüberzuschwimmen, hinaufzuklettern zu dem Campground Dollhouse und von dort die schätzungsweise sechs Kilometer zu gehen bis zum Beginn des Tales von *The Land Of Standing Rocks*. Und nach einer Mittagspause zurück zum Chimney Rock, hinunter nach Dollhouse und zum Spanish Bottom, und dann den Fluss durchschwimmen …

Nachts befand er sich wieder in *The Maze*. Aber anders als im September in dem *nächtlichen* Labyrinth. Er saß während der Dämmerung auf einem steinernen Sockel im Horseshoe Canyon und wartete auf Everett, welcher seit Stunden einen abgelegenen Platz mit Felsmalereien hatte besuchen wollen. Eine Felsschicht samt Malereien, eine breite Platte, löste sich von der hohen Wand über ihm. Ein Rumoren und Knirschen, wie wenn das Eis eines Sees zu brechen beginnt. Er flüchtete stolpernd, drehte sich um. Alles zerbarst am Canyongrund, er roch, wie sich der Staub ausbreitete, und davon erwachte er. Dreiviertel vier. Am frühen Abend war er am Schreibtisch gesessen und hatte angefangen – da ihm der Beginn der Niederschrift misslungen war –, den Schluss der Expedition, den Abstieg in den Canyon zu schildern, dann jedoch die ausgedruckten Blätter zerknüllt. Es war so lange her, dass er etwas geschrieben hatte. Er stellte sich vor, mit Tagebuchaufzeichnungen zu beginnen und dann das Schreiben in Richtung Reise zu lenken. Manchmal war er zu sagen versucht, *unsere* Reise, weil Monica ihm während jener Tage tatsächlich manchmal gegenwärtig gewesen war. In der Felsenwildnis bildete er sich zuweilen ein, ihre Gegenwart zu spüren. Und vor allem: Ohne Monicas dringlichen Hinweis wäre er zwar – durch Hanne – nach New Mexico gelangt, zum Grand Canyon und allem, was Hanne ihnen noch hatte zeigen wollen, aber er wäre nicht auf die Idee gekommen, Hanne zu bitten, sie auch in den Canyonlands-Nationalpark zu fahren. Sein künftiges Leben hatte jetzt einen weiten Raum. Seit einem halben Jahr ordinierte er nicht mehr; aber sollte jemand Hilfe nötig haben, war er bereit. Wohin mit den vielen Schnäpsen in der Garage, die sich seit Jahren angesammelt hatten, Flaschen, welche manchmal ärmliche Bauern ihm anstatt eines Honorars in die Hand gedrückt hatten? Darunter wohl auch solche mit selbstgebranntem Vogelbeerenem, der ja im Volksmund als die beste Medizin bezeichnet wurde.

Als er jung war, hatten die Berge ihm nichts bedeutet. Damals in seinen Studienjahren hatte er zu schreiben versucht, Gedichte, Aufzeichnungen, skurrile Begegnungen mit Hotelgästen, später mit Patienten und Ärzten im Krankenhaus ... Und jetzt verschob er es von Tag zu Tag, seinen Bericht über die Reise in den Nationalpark zu beginnen. Während des nächtlichen Rückflugs hatte er sich im Halbschlaf einmal vorgestellt, wie diese Reisebeschreibung angelegt werden müsse. Aber als er es vor ein paar Wochen versucht hatte, war ihm klargeworden, Vorstellung und Realisierung klafften weit auseinander. Sobald er heimgekehrt war, hatte er mit den Aufzeichnungen dieser Reise beginnen wollen, solange die Eindrücke frisch waren, aber die wenigen Seiten waren so enttäuschend gewesen, dass er fürs Erste den Mut verloren hatte. Der Gedanke, den Verlauf dieser fünftägigen Expedition von Anfang bis zum Ende niederzuschreiben, hatte ihm auf einmal widerstrebt. Jedes Mal, wenn er sich an die Reise erinnerte, gab es in seinem Kopf kein Nacheinander. Die Erinnerungsbilder von der Hinfahrt vermischten sich mit jenen der Rückfahrt, mit jenen des Aufenthalts in *Dollhouse,* oder jenen auf der Fahrt entlang dem *Millard Canyon* oder in *Island In The Sky*. Es war ja alles ein ungeheures Eins. Einmal fragte er sich, wie weit er mit dem Schreiben gekommen wäre, wenn er damals in seinen Studienjahren, als er die Maria Zittrauer kennenlernte, weitergeschrieben hätte, anstatt, wie sein Vater es haben wollte, Medizin zu studieren, nachdem er sich hartnäckig geweigert hatte, Hotelier zu werden; von klein auf hatte er ja beobachten können, welch ein Leben seine Mutter gehabt hatte, die neben der Arbeit am Empfang, in der Küche und anderem auch noch für die Buchhaltung des Betriebs zuständig war. Und dann jeden Spätherbst die wochenlangen Renovierungs- und Erweiterungsarbeiten. (Schon der Vater war von seinem Vater dazu gezwungen worden, das Familienhotel zu leiten. Er hat dann alle die Jahre sehr gerne am Stammtisch der Hoteliers das große Wort geführt. Viel lieber wäre er Pferdezüchter geworden, Pferde hatten ihn von Kindheit an am meisten interessiert.) Die Mutter hatte vermutlich nur mit Hilfe ihrer kleinen *Jägermeister*-Fläschchen durchgehalten; so weit er zurückdenken konnte, war sie leidend gewesen. Seine Gedichte und kleinen Prosaarbeiten waren ihm damals in den Studienjahren nicht schlechter vorgekommen als jene von Maria – sie hatte immerhin einen der angesehensten Literaturpreise, den Trakl-Preis, erhalten, und der junge Thomas Bernhard hatte ihre Gedichte wohlwollend rezensiert. Später, als sein Vater sich mit allem abfand und ihn – nachdem er den Vertrag mit der Gebietskrankenkasse bekommen hatte – der Mutter zuliebe die Praxis zu Hause einrichten ließ, war Wessely oft in Marias Kaffeehaus gegangen und hatte mit ihr geplaudert, aber sie lebte dann nicht mehr lange.

Er hatte sich vorgestellt, ins Herz von *The Maze* zu gelangen; ungünstige Wetterverhältnisse und andere Umstände hatten es verhindert, aber er war dem Zentrum dieses grandiosen Labyrinths von zwei Seiten sehr nahe gekommen und hatte andererseits am Ende etwas gesehen, wovon er vor Reiseantritt gar nichts gewusst hatte: die prähistorischen Felsmalereien des *Horseshoe Canyons*. Hinterher betrachtet wäre die Fahrt zum *Maze Overlook* vielleicht doch möglich gewesen, aber während er sich, je weiter sie in den Nationalpark eingedrungen waren, immer wohler fühlte, hatten seinem Fahrer Everett die Strapazen der Expedition mehr und mehr zugesetzt. Er schien unsicher, war es wohl auch manchmal gewesen. Für eine solche Fahrt auf Felsenpisten, die stellenweise kaum breiter waren als die Spurweite des Wagens, mit tiefen Abgründen auf der Beifahrerseite, war allerhöchste Konzentration Voraussetzung. Manchmal, wenn Wessely jetzt abends den Gürtel seines Hosenbundes öffnete, fiel ihm Everett ein: Wie dieser während der Fahrt in dem schwierigen Kernbereich ab und zu angehalten hatte, seinen Gürtel aus der Schlaufe zog und damit die Breite der befahrbaren Felsplatten abmaß; jene des Wagens wusste er offenbar auswendig.

Eine Radiomeldung in der Früh über einen alten Landarzt aus Korneuburg, der im Wald tot aufgefunden worden war, brachte Wessely auf das Buch von Hermann Broch, auf den von ihm nie gelesenen Roman, dessen Hauptfigur anscheinend ein alter Landarzt ist. Wie lange war es her, überlegte er, dass er das frisch aussehende Buch aus der Kiste beim Buchhändler Kitzmüller gezogen hatte? Der erste Satz, in dem der Ich-Erzähler sich als alten Landarzt bezeichnet, hatte ihn veranlasst, das Buch mitzunehmen. Am Vormittag hatte er es in allen Zimmern, in denen Bücher standen, gesucht. Er musste sich wohl damit abfinden, dass es nicht mehr vorhanden war. Womöglich, überlegte er, ist es voriges Jahr unter jene Bücher geraten, von denen er sicher war, dass er sie nie wieder lesen würde, und die er Kitzmüller gab, der sie mit seinem Lieferwagen abholte. Der Roman von Broch hatte wie eine Art von Talisman jahrelang auf seinem Arbeitstisch in der Ordination gelegen, unter allen möglichen Geräten, Rezeptblöcken, Medikamentenschachteln und Papieren. Einige Male hatte er ihn mit ins Wohnzimmer genommen, um darin zu lesen, aber jedes Mal fühlte er sich abends zu müde, und irgendwann zwängte er das Buch dann wohl in eines der Regale im Vorraum. Oft schon hatte er sich gefragt, warum er nicht mehr zum Lesen kam. (Jedes Mal, wenn er in die Stadt kam, fiel ihm ein, hatte er ein paar Bücher gekauft, als genügte es schon, die Bücher im Regal stehen zu haben.) Mehr noch bedauerte er, dass er keine richtigen Bergtouren mehr unternehmen konnte. An den ersten Satz des Romans – den er noch auswendig konnte – erinnerte er sich in den letzten Jahren immer wieder einmal. Gar nicht so sehr an den Wortlaut, eher an den Rhythmus, so wie einem das Fragment eines Musikstücks in den Sinn kommt und wieder verschwindet. »Hier sitze ich, ein alter Landarzt, und will etwas aufschreiben, das im Gestaltlosen hinter mir liegt und dessen ich doch innegeworden war …«

Heute Nacht hat mir wieder einmal von dir geträumt, Monica. Wir standen auf der Treppe meines Hauses, und ich überlegte: hinauf oder hinunter? Nun denke ich schon seltener an dich und schäme mich nicht mehr meiner verrückten Besessenheit. Unser Nachmittag war das Schönste, was ich mit einer Frau je erlebt habe. Und du hast mich in *The Maze* gebracht. Das seien ganz andere Gebirge, hast du gesagt, dort sei der Mensch dem, was wir Gott nennen, näher als hier zwischen den in den Himmel ragenden, unheimlichen, spitzen Bergen mit ihrem ewigen Eis. Ein Nationalpark im Süden Utahs? Das hat mich zuerst gar nicht neugierig gemacht, es war so weit weg. Utah, was könnte ich dort verloren haben?

Hanne war ihm damals eingefallen, die seit einem halben Jahr in New Mexico lebte, und da er ohnehin Elisabeth wieder einmal anrufen wollte, zog er zwischen zwei Konsultationen das private Adressbuch aus der Schublade, überlegte, ob sie schon aufgestanden sein könnte, rief an und fragte sie, was sie davon halte, Hanne in Albuquerque zu besuchen. Sie antwortete, das habe sie ohnehin vor, aber es gehe ihr gesundheitlich nicht so gut, sie leide an heftigen Wechselbeschwerden und denke immer öfter an eine Frühpensionierung. Er hatte sie gefragt, ob sie nicht einmal nach Gastein kommen wolle, in der Kuranstalt der Pensionsversicherungsanstalt ordiniere eine der besten Ärztinnen des Landes, da könnte er vermitteln. Jedenfalls, wenn sie sich zu dieser USA-Reise entschließe, würde er gerne für sie die Kosten übernehmen. Während dieser Reise vor vier Jahren waren sie sich wieder etwas nähergekommen. Aber er hatte damals immer noch gehofft, Monica werde nach Österreich zurückkehren.

Auch dass er sich nun, sobald er seine Reiseaufzeichnungen fürs Erste beendet hatte, mit dem Meister Eckhart beschäftigen würde, verdankte er wie alles andere Monica, seinem Phantom. Eckhart, ein *chinesischer* Weiser? Kein Grund, über Everett zu lächeln, was wusste er selbst denn über die indianischen Weisheitsbücher? So wenig er über den Meister Eckhart wusste. Demnächst, in Salzburg, würde er sehen, ob er einen Band mit den Traktaten bekommen konnte; sonst musste der Buchhändler ihm eine Ausgabe besorgen. Als erstes würde er die Stelle suchen, die vom *Lassen* handelt; leider hatte er sich den Satz, den Everett damals im *Horseshoe Canyon* mehr vor sich hinmurmelte als mitteilte, nicht notieren können. Der Name Eckhart oder Eckehart war ihm zwar nicht völlig fremd, er vermochte ihn in Verbindung zu bringen mit Jacob Böhme und Heinrich Seuse, aber beschäftigt hatte er sich mit seinem Werk bisher nicht. Im alten Brockhaus fand er einige Sätze Eckharts zitiert, und tatsächlich konnte man diese Sätze auch einem alten chinesischen Weisen zuschreiben, wie Everett es getan hatte. (»Ohne vor und ohne nach muss der Mensch stehen, der die höchste Wahrheit empfangen will.«)

Das Foto von Elisabeth, auf der Holzveranda des Hotels in Bluff aufgenommen, hatte er irgendwann gedankenlos zwischen zwei Buchseiten gesteckt, jetzt war es wieder aufgetaucht. Hanne hatte ihm damals eine Auswahl der Fotos geschickt, die sie während ihrer Reise geknipst hatten. Das unergründliche, beinah schmerzliche Lächeln – er fragte sich, ob sie damals schon eine Verschlechterung ihres Zustands gespürt hatte.

Er hatte sie – wie jung sie beide damals gewesen waren! – nicht dermaßen kränken wollen. Als sie während eines Spaziergangs auf dem Mönchsberg von ihrer Schwangerschaft gesprochen hatte, war er so überrascht, dass er sprachlos war. Es war ihm unerklärlich gewesen, er war sich als ein Trottel vorgekommen. Im Nachhinein erst war ihm klargeworden, welch ein Schock es erst für sie gewesen sein musste; ihr Leben hatte sich plötzlich völlig verändert. Hätte sie ihm ein wenig Zeit gelassen, hätte er sich – so dachte er immer noch – bestimmt für ein gemeinsames Leben mit ihr entschieden.

Eine einzige Liebesnacht mit Elisabeth – und die Bescherung war ein Kind, seine Tochter Hanne. »Bescherung« selbstverständlich im ursprünglichen Sinn, sie kam am zweiten Weihnachtsfeiertag auf die Welt. Sein Leben hatte dies nicht sehr verändert. Trotz ihrer Schwangerschaft nahm Elisabeth damals die Berufung an die Universität Innsbruck an, ein paar Jahre später war sie nach Kanada gegangen. Seither hatten sie sich nur mehr selten gesehen, einmal vor acht Jahren, bevor sie mit einer Gruppe von Ärzten für ein Jahr nach Afrika reiste. Ein paar Minuten lang hatte er sich nicht entscheiden können für ein Leben mit ihr – und es war vorbei. Und nun hatte sein Kind Hanne selber eine Tochter: Lisa. Und es war ihm, als er sich schlaflos herumdrehte, wieder eingefallen, wie sehr es ihn damals getroffen hatte, als Elisabeth ihm Jahre später einmal gestanden hatte, dass sie nicht imstande gewesen sei, mit dem Hans Maxwald sofort Schluss zu machen; aber als Vater von Hanne komme nur er in Frage, erotisch sei mit dem Maxwald Hans nichts mehr vorgefallen.

Ein einziger Nachmittag mit Monica bescherte ihm etwas ganz anderes: die Vision von einem *neuen Leben*; ein besseres Wort fiel ihm im Moment nicht ein. Monica hatte ihm von Canyonlands erzählt, wo sie sich vor Jahren in Begleitung eines – *schrecklichen*, wie sie sich ausdrückte – Mannes drei Tage lang in einer Reisegruppe befunden hatte. Eigentlich, dachte er, hätte sie mein Leben auch verändert, wenn sie mein Haus damals vor vier Jahren nie betreten hätte, wenn es bei meinen Besuchen im »Grünen Baum« geblieben wäre, bei unseren Spaziergängen, vor allem: bei unseren Gesprächen.

Der Hans und seine Frauengeschichten damals. Wessely hatte ihn oft darum beneidet, mit welcher Leichtigkeit der auf junge Frauen zugegangen war und sie verführt hatte. Was heißt »verführt«, dachte er, er hat sie erobert. Ihrer Freundschaft hatte dies nicht viel anhaben können, und trotzdem war es nicht mehr dasselbe. Wessely hatte Maxwald um dessen Vater beneidet, einen solchen Vater hätte er sich gewünscht. Er war Hauptschullehrer, schrieb nebenbei Kinderbücher und war der erste Mensch gewesen, dem Wessely seine literarischen Versuche gezeigt hatte.

Er überquerte den Straubingerplatz. In der Ferne war das infernalische Geratter eines Hubschraubers zu hören. (Im Winter bedeutet das gewöhnlich: ein gravierender Skiunfall; dafür war es noch zu früh; vielleicht ein Extremkletterer.) Das gewohnte Rauschen, beinah Dröhnen des Wasserfalls schien nachgelassen zu haben. Mit einem Finger stocherte er im rechten Ohr. Es war plötzlich nichts mehr zu hören, und er überlegte amüsiert, vielleicht ist ja seine Oberfläche eingefroren.

Es würde mir gefallen, Lisa, wenn es dich später einmal in den Nationalpark in Utah verschlagen würde ... Aber noch lieber wäre es mir, wenn Hanne wieder nach Österreich zurückkehren würde und ihr mir nahe wärt ... Der Ort, in dem ich geboren wurde, in dem unsere Familie seit gut hundertfünfzig Jahren gelebt hat, vertrug nach meiner Rückkehr den veränderten Blick, mit dem ich in die Welt schaute, nicht mehr. Ich litt daran, sah nach der mehrwöchigen Abwesenheit noch stärker, wie verkommen vieles hier ist. Überall in der westlichen Welt legen Leute, deren Vertrauen in die Börsen ins Wanken geraten ist, ihr Geld in Immobilien an und lassen diese dann zur Umgehung des Denkmalschutzes endgültig verfallen, bis ihnen vielleicht ein russischer oder chinesischer Investor irgendwann das Doppelte und Dreifache bezahlt. Dieser würde dann gegenüber den Behörden wie die Vorbesitzer beteuern, mit den Renovierungen alsbald zu beginnen. Vor mehr als hundert Jahren hat man Bad Gastein ein New York auf kleinstem Raum genannt; da es so gut wie keine ebenen Flächen gab, war man gezwungen, in die Höhe zu bauen. Bald wird der Herbst hier endgültig in den Winter übergehen; der obere Teil des Graukogels ist schon verschneit.

Unvergesslich die erste Begegnung mit Monica, vor bald vier Jahren, in der Prossau, wo sie sich einen Knöchel verletzt hatte ... Als er an jenem Wochenende von einem Kongress in Hannover zurückkehrte, verspürte er nach der Heimkehr einen Infekt, verursacht wahrscheinlich durch die Klimaanlage während der langen Bahnreise. Er beschloss, in die Prossau zu wandern und weiter in die *Hintere Prossau,* sich eine Viertelstunde zu den Wasserfällen zu stellen und durch das fein zerstäubte Wasser die Schleimhäute zu befreien. Durch das Rauschen des Kötschachbaches hatte er die Frau zuerst gar nicht bemerkt, ihr Rufen nicht gehört. Als er sich dann umdrehte und sie auf einer Felsplatte am Wegrand sitzen sah, glaubte er, nicht richtig zu sehen. Ihre dunkelgrüne Jacke unterschied sich kaum von der Umgebung. Er half ihr auf, stützte sie. Mit ungeeignetem Schuhwerk war sie nicht weit vom Einstieg in die Hintere Prossau entfernt auf dem steilen Geröllweg umgekippt. Für ihn war ihr *Fehltritt* ein Glücksfall, obwohl er jetzt nicht zu den Wasserfällen kam. Gemeinsam schafften sie es Schritt für Schritt bis zum *Gasthof Prossau* hinunter, dort telefonierte er mit dem Rezeptionisten im »Grünen Baum«, der einen Wagen herschickte. Vom Hotel brachte er sie in seine Praxis und nach der Eingipsung des Knöchels wieder zurück. Dort, am Ende der Welt gewissermaßen, hatte sie sich sicher gefühlt. Zum Komplex des »Grünen Baums« gehörten ja sechs oder mittlerweile noch mehr in der Umgebung verstreute Dependancen. Monica hatte ihm ein paar Tage später von einem Herrn Weiss berichtet, der in der Salzburger Altstadt eine kleine Bank betrieb. Weiss werde Freunden von ihr, hatte sie ihm erklärt, bei einer finanziellen Transaktion helfen. Und er war es, der ihr für ihre rheumatischen Beschwerden den berühmten Heilstollen im Gasteinertal empfahl. Den Namen dieses Bankiers wiederum hatte ihr ein befreundeter Bankier in New Jersey genannt. Als Wessely ihr einige Tage später seine Praxis und die Wohnung im Haus zeigte, hatte sie ihm endlich geglaubt, dass er allein lebe. Auf der Treppe war ihnen sein Vater begegnet, der gerade einen guten Tag gehabt hatte und sie überaus freundlich begrüßte, als sei sie ein neuer Hotelgast. Seit vielen Jahren war Wessely zum ersten Mal wieder heftig verliebt und dann, nachdem Monica einige Male schon überlegt hatte (nein, das bildete er sich nicht ein!), wegen der guten Luft und dem Heilstollen – sie fühle sich nach zwei Wochen völlig gesund – und nachdem sie alle ihre Angelegenheiten, von denen sie nur andeutungsweise sprach, in Ordnung gebracht hätte, nach Gastein zu ziehen –, war sie plötzlich verschwunden. Der Portier im »Grünen Baum« rief ihn an und übergab ihm einen Brief. Das klang damals gar nicht beunruhigend, und doch war er sehr enttäuscht gewesen: Wegen einer äußerst wichtigen Angelegenheit müsse sie sofort zurückfliegen in die Staaten, sie werde sich melden. Während eines Einkaufstags in der Stadt suchte Wessely die Bank *Weiss* am Alten Markt. Als er schon aufgeben wollte, bemerkte er neben einer Haustür die kleine Messingtafel: *Intern. Finanzierungen Weiss / 2. Stock*. Und fragte sich, ob Herr Weiss etwas zu tun habe mit dem Ausverkauf der Salzburger Altstadt, in der kaum noch Einheimische lebten. Etwas verwundert war er gewesen, wie vehement sie es abgelehnt hatte, von ihm fotografiert zu werden. Manchmal hatte er sich gefragt, ob sie auch ohne den Gipsverband weitere drei Wochen in Bad Gastein geblieben wäre. Drei Wochen »Grüner Baum« kosteten ein Vermögen – aber das schien gar keine Rolle gespielt zu haben. Einmal hatte sie wie im Selbstgespräch geflüstert, ein besseres Versteck als den

»Grünen Baum« hätte sie noch nie gefunden. Den Roman, welchen sie ihm empfohlen hatte, falls er tatsächlich einmal in die USA reisen sollte, um seine Tochter zu besuchen, konnte er sich vor der Reise nicht mehr besorgen, der Zettel mit dem Titel blieb vorläufig verschwunden. Der Autor war ein Edward Abbey, aber der Buchhändler konnte ihm nicht weiterhelfen; er war vierundachtzig Jahre alt und weigerte sich hartnäckig, mit einem Computer zu arbeiten.

Wenn er sich jetzt nach der Rückkehr manchmal in Vaters Zimmer aufhielt, sich ans Fenster stellte und auf die Straße hinaussah, meinte er hinter seinem Rücken seine Anwesenheit zu spüren. Anfangs dachte er, dem muss ich mich aussetzen, um endlich einen Frieden zu schließen zwischen ihm und mir.

Jetzt erst merkte er, er hatte sich seit oder schon während seiner Reise doch befreit von den endlosen Schuldgefühlen, er habe sich zu wenig um Elisabeth gekümmert. Als hätte sie es damals gestattet. Und als hätte seine Tochter Hanne seine Nähe auch nur in Briefen oder Telefonaten gesucht. Und nun wiederholte sich dies: Hector, Lisas Vater, kümmert sich nicht um Hanne und Lisa oder kann sich, tausende Kilometer entfernt, gar nicht kümmern ... Oder aber Hanne lehnte es ab, wollte ihn nicht mehr sehen. Was mag da geschehen sein?

Wie er jetzt auf seinem Balkon stand – außer den Berggipfeln war nichts zu sehen –, so war er schon ein paarmal in den letzten zwei Tagen gestanden, bei Nebel im Tal und bei Schneefall. Nachdem er von seiner Reise zurückgekehrt war, hatte er nichts als seine beiden Toten im Kopf gehabt, den Vater und seinen Freund Hans. Und Lisa, sein Enkelkind, beschäftigte ihn, der Gedanke auch, dass er sehr lange werde warten müssen, bis er mit ihr einmal werde reden können, bis sie imstande sein würde, seinen Reisebericht vielleicht zu lesen. Der dritte Geburtstag stand bevor, und Hanne hatte ihm immer noch keine Fotografie von Lisa geschickt. Überhaupt kamen die Nachrichten aus Montreal viel zu selten.

Wessely hatte – mit Ludmilla als Beraterin – neue Vorhänge für seine beiden Zimmer gekauft, und ein neues Kaffeegeschirr. Nachdem er die Sachen im Wagen verstaut hatte, war er bis zum »Grünen Baum« gefahren und von dort ins Kötschachtal spaziert. Ein älteres Ehepaar in Lodenmänteln überholte ihn beim Café Himmelwand. Die Frau, ihr Name fiel ihm nicht ein, Stolzlechner? blieb stehen und sah ihn an ... Allmählich reagierte er nicht mehr so abwehrend, wenn ihm, dem früheren Gemeindearzt, ehemalige Patienten begegneten, die ihm im Grunde immer bloß von ihren kleinen und großen Wehwehchen oder auch von gravierenden Leiden ausführlicher berichten wollten. In seiner Praxis bei meist vollem Wartezimmer war das kaum möglich gewesen. Alle wussten, dass er sich jetzt im Ruhestand befand, und trotzdem versuchten viele, ihn weiterhin in ein ärztliches Gespräch zu ziehen. Mittlerweile peinigten ihn wenigstens keine Selbstvorwürfe mehr, was Elisabeths Tod betraf. Es war ja schon lange bekannt gewesen, dass ihre Hepatitis-B-Infektion, die sie sich vor langer Zeit in Afrika zugezogen hatte, die Leber schwer schädigen musste. Dass sie tödlich enden werde, war nicht abzusehen, die Lebertests waren nie beunruhigend gewesen.

Dass zur Leberzirrhose noch ein Karzinom kam und der Verfall dann plötzlich so schnell vonstatten ging, war schrecklich. Als Wessely nach zweieinhalb Stunden zum Parkplatz zurückkehrte, sprang der Motor des Mercedes nicht an. Er fuhr mit all dem Eingekauften im Taxi nach Hause und verständigte die Werkstatt.

Seltsam, Vater schien sich vor seinem Tod mit Gedichten beschäftigt zu haben: Zwischen dem Rückenpolster und der Lehne seines Stuhls hatte Ludmilla beim Abwischen der zum Abtransport bestimmten Möbel ein Buch entdeckt und es ihm hingelegt: *Ewiger Vorrat Deutscher Poesie*. Das hatte ihn doch gerührt. Ein Lesezeichen fiel heraus.

Wie du mir gestern am Eingangsportal des Stifts Nonnberg nachgeschaut hast, Anna, als ich mich noch einmal umdrehte: Etwas verloren hast du auf mich gewirkt. Aber ich meinte es ernst, als ich dir sagte, ich würde dich künftig öfter besuchen. Ich war froh, dass du mir nicht vorgeworfen hast, ich hätte dich vom Tod unseres Vaters nicht benachrichtigt. Während ich in die Stadt hinunterstieg, diese endlose Treppe, wechselte das freudige Gefühl, dich nach so langer Zeit, wenn auch nur kurz, wieder gesehen und gesprochen zu haben, mit einem Gefühl der Trauer über dein abgeschiedenes Leben, obwohl du dieses Leben im Kloster selber gewählt hast. Dreiundzwanzig Schwestern seid ihr noch immer. Aber so abgeschieden ist dein Leben wahrscheinlich gar nicht. Als Äbtissin hast du ja, wie du berichtet hast, mit Ämtern, mit Kirchenleuten und Politikern, mit Geldgebern zu tun. Und außerdem besitzt ihr auch einen Bauernhof mit Landwirtschaft außerhalb der Stadt. Noch während der Fahrt zurück nach Gastein warst du mir in Gedanken die ganze Zeit nahe. Nächstes Mal, hab ich mir vorgenommen, werde ich dir von den uralten Felsmalereien im Horseshoe Canyon erzählen, wie ich plötzlich eingetaucht bin in eine Welt des Heiligen oder des Geheiligten, die mir immer eher fremd war, wahrscheinlich der Grund dafür, dass wir uns nie nahegekommen sind. Ich vermochte es halt einfach nicht zu begreifen, dass du dich mit zweiundzwanzig Jahren für ein Klosterleben entschieden hast. Unsere Mutter, zeitlebens eine fleißige Kirchenbesucherin, hat dich verstanden, aber den Vater hat deine Entscheidung schwer getroffen; er hatte ja mit uns beiden gerechnet.

Was Wessely am meisten entbehrte, waren Gespräche mit einem Menschen, der sich mit ähnlichen Dingen beschäftigte. Es war so lange her, dass er sich an literarischen Texten versucht hatte. Seit mehr als vierzig Jahren, überlegte er, habe ich nur noch ärztliche Gutachten, Rezepte und dergleichen geschrieben. Manchmal in den Bergen, wenn er allein gewandert war und dabei immer wieder einen Gedanken in sein Notizbuch kritzelte, hatte er es sehr bedauert, dass er zu nichts anderem mehr komme ... Abends war er seit jeher viel zu müde gewesen, oft sogar zum Lesen. Bis zu fünfzig Patienten am Tag, eine grantige Sprechstundenhilfe, aber er hatte keine Wahl gehabt. Seine schriftstellerischen Versuche, Erzählfragmente, Gedichte, Romananfänge existierten nicht mehr; wahrscheinlich, vermutete er, hatte der Vater die Mappen seinerzeit, während er in Wien studierte, vernichtet ... Gespräche über die Probleme beim Schreiben? Er stellte sich vor, dass Schriftsteller nicht über ihre Arbeit reden wollen oder können, höchstens in solchen Schreibkursen für junge

Menschen. Wenn er sich an die Gespräche mit Maria Zittrauer in den sechziger Jahren erinnerte: Das wäre es, was er sich wünschte, aber Maria war schon lange tot, und auch mit ihr hatte er nie über das Schreiben geredet, fiel ihm ein, meistens hatten sie sich über andere Autoren unterhalten, deren Bücher sie gelesen hatten, über Trakl und Ilse Aichinger, über Hans Lebert und Joseph Roth …

Als er aus der Pizzeria neben dem Kongresszentrum trat, dachte er, wie schwer es doch sei, das gewohnte, eingefahrene Leben auch nur äußerlich zu ändern. Immer öfter überlegte er, das Angebot der Gemeinde anzunehmen, das alte Haus zu verkaufen und sich im Tal unten niederzulassen. (Nur wusste er nicht, was mit der alten Frau Blaas geschehen solle, einem früheren Zimmermädchen, die seit zwölf Jahren eines der unbenützten Hotelzimmer im Haus bewohnte. Sie ließ sich kaum sehen. Nun will der Bürgermeister ihr einen Platz im Seniorenheim verschaffen, von dem sie freilich trotz ihrer vierundachtzig Jahre vorläufig nichts wissen will.)

Immer wieder kam ihm in den Sinn: Von jeder Reise kehren wir zurück an den Ort, in dem wir uns für unser Leben eingerichtet haben, in der Weise eingerichtet, dass ein Nicht-Wiederkehren kaum möglich wäre. Wir sind keine Wandermönche, die ihr weniges Hab und Gut in einem Rucksack herumtragen und nirgendwo an einen längeren Aufenthalt denken. Aber im Südwesten der USA – es war ja noch nicht lange her – war ihm manchmal der Wunsch oder auch bloß der Gedanke an eine Heimkehr abhandengekommen, besonders als er beim *Green River-Aussichtsplatz* auf einer gewölbten Felsplatte saß und hineinschaute in das tiefer gelegene Canyon-Land, welches sie das *Labyrinth – The Maze* nennen. Die allerletzte Reise jedoch wird in jedem Fall eine ohne Rückkehr sein. In einem gewissen Sinn eine Heimkehr in unsere Herkunft, in die Welt des Organischen; da die Weltmeere immer mehr ansteigen werden, wird auch dies für alles, was von uns übrig bleiben wird, eine Art Rückkehr bedeuten.

Eine schöne Vorstellung ist es, du, Lisa, könntest einmal hier in diesem Zimmer sitzen und etwas aufschreiben. Vielleicht wird eine Wissenschaftlerin aus dir wie deine Mutter ... Wahrscheinlich wirst du in Nordamerika aufwachsen und wie Hanne dort leben. Aber wer weiß schon, wie die Dinge sich entwickeln. Gastein würde dir gefallen. Das alte Haus ist schon seit vielen Jahren renovierungsbedürftig, aber dafür war und ist kein Geld vorhanden. Ich bin dabei, das an den Felsen gebaute frühere Hotel Wessely zu verkaufen. In einigen der Zimmer tropft seit Jahren im Frühjahr das Wasser von der Decke. Was deine Mutter anlangt: Ich mache mir derzeit keine Hoffnung, sie könnte nach Österreich zurückkehren. Ich versuche dich mir als junge Frau vorzustellen. Es wäre dir bestimmt lieber, eine hübsche Wohnung geerbt zu haben als ein Haus, das zu verfallen anfängt, wie so viele Häuser in Bad Gastein, das einmal vor langer Zeit tatsächlich ein weltberühmter Kurort war.

Ludmilla aus Brünn – sie hatte den Vater ein dreiviertel Jahr lang betreut – hat in Bad Gastein einen Mann, einen Physiotherapeuten, kennengelernt, bei dem sie jetzt wohnt. Sie ist jeden Vormittag für einige Stunden ins Haus gekommen, hat die Leintücher gewechselt, gewaschen, gekocht und erledigt, was sonst zu tun war. Jetzt kam sie vorläufig zweimal wöchentlich in Wesselys Wohnung. Das hatte sich so ergeben, und er war froh darüber und hoffte, sie helfe ihm wenigstens so lange, bis er sich entschlossen hatte, wo er künftig leben wolle.

Als im letzten Frühjahr, ein paar Monate, nachdem er seinen Freund Hans getroffen hatte, aus den USA ein Buch von Edward Abbey eintraf, ohne Absender – das Co. auf dem Poststempel konnte Colorado bedeuten –, beschloss er zu handeln. Er rief noch einmal in der Agentur von Bill Anderson an und buchte daraufhin den Flug nach Salt Lake City und einen Platz auf einer Reise »ins Herz von Canyonlands« für Anfang September. Zwei Männer aus Colorado Springs seien auch dabei. Aus irgendeinem Grund malte er sich aus, Monica stünde mit Anderson in Verbindung. Und als er später tatsächlich in Moab eintraf, gab es, wenn er auf dem stark frequentierten Boulevard auf und ab spazierte, immer wieder Momente, in denen er sich einbildete, sie würde ihm plötzlich entgegentreten.

Das Buch *Desert Solitaire – A Season in the Wilderness* (wer sonst als Monica könnte es ihm geschickt haben?) hatte er, wie man sagt, vom ersten Satz an verschlungen: »About ten years ago I took a job as a seasonal park ranger in a place called Arches National Monument near the little town of Moab in southeast Utah …« Besonders der letzte Teil, in welchem der Autor eine Fahrt in *The Maze* schildert, hatte ihn tief beeindruckt. Nachher trieb es ihn hinaus, er zog seine Bergschuhe an und wanderte in Richtung Böckstein; sein rechtes Knie spürte er kaum noch, das stimmte ihn zuversichtlich. Damals hatte er auch überlegt, ob vielleicht Hans Maxwald ihm das Buch geschickt hatte, ob er in Utah gewesen sei. Seit Monaten hatte der Hans sich nicht mehr gerührt. Aber Hans hätte ein paar Zeilen dazu geschrieben, dachte er, zumindest den Umschlag mit einer Absenderangabe versehen. Damals im *Gasthof Post* hatte Wessely seinen Freund gefragt, ob er etwas über *The Maze* wisse, aber Hans war eine Expedition in diesen Bereich des Canyonlands-Nationalparks nicht geheuer; jedenfalls würde er nicht selber mit dem Wagen fahren, das traute er sich nicht zu. Aber vielleicht nehme er sich einmal den Bereich *Island In The Sky* vor, dort gebe es Autostraßen zu den schönsten Aussichtspunkten. Jedes Mal wenn er den im Bereich *Land Of Standing Rocks* aufgeklaubten und eingesteckten Stein in die Hand nahm, wunderte er sich, wie rasch er die Wärme seiner Hand annahm. Schwefel und Eisenoxid hatten ihn gefärbt, so viel wusste er jetzt.

De vita beata

Eine kühle Frische umfing mich, als ich aus dem Hotel trat, ich zog den Reißverschluss meiner Lederjacke hoch. An jeder Querstraße überlegte ich und suchte mich zu orientieren, welches der kürzeste Weg zur Mainstreet sei, und schaute immer wieder auf die Uhr. Wie die meisten Hotels im Südwesten verabreichte auch das *Apache* kein Frühstück. Man geht in einen der Coffee-Shops an der Hauptstraße von Moab. In meinem gab es Pancakes, die ich mit Ahornsirup oder Erdnussbutter bestrich, und den üblichen wässrigen Kaffee. Wieder im Hotel trug ich Rucksack, Reisetasche und Schlafsack hinaus auf den Parkplatz. An den Wänden der Rezeption großformatige signierte und gerahmte Fotografien von Filmstars wie Alan Ladd, Gary Cooper, Barbara Stanwyck, James Stewart – welche offensichtlich vor vielen Jahren hier in der Gegend in Westernfilmen vor der Kamera gestanden hatten.

Punkt acht holte Bill Anderson mich in seinem Jeep vor dem Motel ab, ein großer schlanker Mann im dunkelgrünen Overall, in einem Alter, da man bei uns längst in Pension gegangen wäre. Everett Kish, rief er, habe angerufen, er habe sich verspätet, sei aber bereits unterwegs ins Zentrum von Moab. Und setzte hinzu, ich sei auf dieser Tour heute der einzige Gast, die beiden New Yorker hätten das Flugzeug verpasst, und ein Fahrgast aus Silverston habe abgesagt. Ich verkniff mir zu sagen, ich hätte gedacht, es seien zwei Männer aus Colorado Springs. Everett habe vor drei Jahren aufgehört, solche Expeditionen zu begleiten, sagte Anderson, während er den Wagen startete, aber er brauche das Geld, weil er sein Haus fertigbauen wolle. Als Anderson auf dem unebenen, asphaltierten Platz vor seiner Firma hielt, stand ein langer rot-weiß-rot gestreifter Chevrolet mit außergewöhnlich hoher Bodenfreiheit auf dem Platz. Die Agentur lag am Stadtrand, zehn Meter zurückgesetzt, an der Hauptstraße. (Am Tag davor hatte ich vorbeischauen wollen, sie aber nicht entdeckt.) Die langgezogene flache Bretterbude war offensichtlich im Lauf von vielen Jahren immer wieder vergrößert worden. Der Eingangsbereich hatte eine lange Rampe aus wackligen Brettern, das Vordach war mit rostigen Stangen abgestützt. Auf einem großen Schild stand *Backcountry Jeeptours*.

Plötzlich fühlte ich ein mulmiges Gefühl im Magen: Es wurde ernst. Anderson warf meine Sachen auf den Dachträger, ich sah darauf schon Wassercontainer vertäut. Drinnen in seinem lichtlosen Büro deutete Anderson auf eine an die Wand gepinnte Landkarte. Das Gebiet war mir von anderen Karten bereits vertraut: *Four Corners* – dorthin hatte Hanne mich und Elisabeth vor vier Jahren gebracht, wir waren auf dem Schnittpunkt der vier Staaten Colorado, Utah, Arizona und New Mexico gestanden. Anderson fuhr mit einem Finger die Route unserer Reise nach. Die einzige Möglichkeit, in *The Maze* zu gelangen, seien zwei schmale Zufahrten im Westen, auf der gegenüberliegenden Seite des Nationalparks. Er zog mit dem Finger einen weiten Kreis. Das bedeute erst einmal ungefähr vier Stunden Fahrt um das riesige Gebiet herum, über Green River, Hanksville, Hite; dann erst beginne die eigentliche Tour ... Draußen hielt ein Fahrzeug. Da ist Everett, unterbrach Anderson. Wir traten auf die Rampe hinaus. Kish stieg aus seinem Jeep, schulterte ein Zelt und einen zusammengerollten Schlafsack und warf beides aufs Dach des Chevrolet. Die Begrüßung war knapp, der Händedruck kräftig. Er war ein rundlicher, beinah fetter, sehr fremd aussehender Mann mit langen, hinten zusammengebundenen schwarzen Haaren, indianischer Abstammung, vermutete ich. Die beiden Männer redeten in einem mir unverständlichen Kauderwelsch; mir schien, Kish habe Anderson gefragt, ob die Kupplung des Chevy endlich repariert worden sei. Mit einer Handbewegung bedeutete mein Fahrer mir, ich möge einsteigen. Plötzlich durchfuhr mich wieder ein Erschrecken vor dieser Tour, vielleicht auch, weil ich der einzige Fahrgast war. Kish kletterte aufs Dach des Chevrolet, überzog die Sachen mit einer Plastikplane und zurrte sie fest. Hinter dem Beifahrersitz befand sich eine breite Sitzbank; da, fiel mir ein, wären wohl die zwei oder drei anderen Reisenden gesessen. Der Himmel war trüb, hier und dort glänzten Wasserpfützen auf der Straße. Gleich nachdem er, ohne anzuhalten oder sich umzuschauen, auf die Hauptstraße hinausgebogen war, sagte mir Kish, wir müssten eine andere als die vorgesehene Route fahren. Tags zuvor habe es in Canyonlands geregnet – er habe mit der Ranger-Station telefoniert. Ich müsse wissen: Vor etlichen Jahrzehnten habe man dort Uran abgebaut. Zufahrtsstraßen seien Meter für Meter angelegt worden und sogar Schienen zum Abtransportieren des Erzes herangeschafft. Nach ein paar Jahren habe man eingesehen, dass sich dieser Uranabbau nicht lohne, und – Gott sei Dank – das meiste wieder weggebracht. Wind, Regen- und Schneestürme hätten ein Übriges getan, von der damals angelegten Piste sei nichts mehr zu sehen. Aber der kurvige, sehr steile *Flint Trail* sei nach einem Regen seither nicht mehr befahrbar, die Oberfläche glitschig. Uranrückstände, Ölreste befänden sich immer noch im Untergrund, bei Regen verklebe diese Mischung die Reifen. Auch solle man sich sogar nach so vielen Jahren nicht zu lange dort aufhalten, eine schwache Strahlung sei noch immer vorhanden. Zuerst war ich entsetzt. Ich hatte mir vorgestellt, *The Maze* sei der Inbegriff von unberührter Natur, in die nur ab und zu Jeeps der Firma Anderson und andere eindrängen. Im Prospekt, den Anderson mir nach Gastein geschickt hatte, stand, schon sein Vater sei in die *Maze* gereist: Soweit es in seinem kleinen Ford möglich war, sei er gefahren; die restliche Strecke zu Fuß mit dem Rucksack gewandert.

In Green River – ich hätte nicht sagen können, ob wir eine Stunde oder zwei gefahren waren – stoppte Kish den Wagen an einer Tankstelle und ließ volltanken. Er deutete auf einen Gebirgszug fern im Osten, die La Sal Mountains, deren Gipfel von Schnee bedeckt waren. Neben der Eisentür des zur Tankstelle gehörigen Ladens lagen grün gestreifte Kürbisse und in Portionen verpackte Holzscheite zu Pyramiden gestapelt. Auf einem rostigen Stuhl an der Mauer saß ein alter Mann, der an etwas kaute. Als ich auf der anderen Seite des Eingangs einen Münzfernsprecher erblickte, überlegte ich, wen ich anrufen könnte. Es sei für vier Tage die letzte Möglichkeit, meinte Everett Kish beim Aussteigen, aber mir fiel niemand ein: Von Monica wusste ich keine Nummer und auch keine von Hanne in Montreal. Zu Hause mich bei Ludmilla nach dem Vater erkundigen?

Ich wechselte im Laden einen Fünf-Dollar-Schein in Münzen, aber eine Verbindung nach Österreich kam nicht zustande.

Die Landschaft wurde immer karger. Ich erinnerte mich an die verbrannten Wälder auf der Zufahrt zum Grand Canyon, und auch an jene in Mesa Verde, vor vier Jahren, eine Hügellandschaft mit lauter verkohlten Stämmen, welche sich über viele Kilometer hinzog. Hier jedoch war nichts Brennbares. Links und rechts von der Straße in einiger Entfernung flache Felsenberge und ab und zu Wacholdersträucher; später dann auch Brandreste von Wacholderbäumen und -sträuchern. Im Bereich von Canyonlands hätte ich wegen der Giftschlangen (vor denen in einer Broschüre gewarnt wurde) gerne einen langen Stock aufgeklaubt, aber während der vielen Stunden, in denen wir immer wieder einmal zehn oder zwanzig Minuten angehalten hatten, war mir in dem wüstenartigen Gelände abseits der Sandpiste nie etwas Stockähnliches untergekommen. Während des Herumspazierens in den Fahrpausen (Pinkel-Stopps, wie Kish sagte) hätte ich mich mit einem Stock in der Hand sicherer gefühlt. Viele der abgestorbenen krummen Wacholderäste, welche im Schatten der größeren Sträucher lagen – manche bereits auf dem Weg zur Versteinerung –, wirkten aus der Entfernung wie Schlangen. Obwohl Kish mir erklärt hatte, Giftschlangen seien meistens erst abends und in der Nacht aktiv, war da eine gewisse Furcht. Er hatte ja auch hinzugesetzt, Vorsicht sei immer angebracht, besonders bei Gebüschen.

Obwohl wir beide in den immer wüstenähnlicher werdenden Canyonlands beinah pausenlos Wasser tranken, spürte ich nur selten Harndrang. Aber wir vertraten uns immer wieder einmal die Beine; Kish spazierte auf der linken Seite des Wagens herum, ich auf der rechten.

Gegen elf erreichten wir das Städtchen Hanksville, und nach weiteren achtzig Meilen, in der Nähe des aufgestauten Colorado, dem Lake Powell, überquerten wir einen schmalen Fluss namens Dirty Devil River. Bald danach, kurz bevor der Colorado zu überqueren gewesen wäre – einmal, in einer Kurve war er zu sehen, verriss Everett das Lenkrad nach links und fuhr, ohne die Geschwindigkeit zu reduzieren, in einen steinigen Weg hinein, welcher bald nur noch aus grobem rotbraunem Sand bestand. Ich hatte die Abzweigung zuerst gar nicht bemerkt. Als ich es Kish sagte, erwiderte er, niemand hier wolle, dass jedermann in diesen Teil des Nationalparks hineinfahre. Die Touristen hätten ja *Arches*, *Needles* und *Island In The Sky*, setzte er hinzu. Rechterhand schlängelte sich der friedlich aussehende Dirty River zwischen Felsen dahin, zeitweise gesäumt von grünen Matten. Jetzt verlassen wir die Zivilisation, sagte Kish. Mit den Zähnen öffnete er den Verschluss seiner Wasserflasche und trank. Nach wenigen Minuten erreichten wir einen riesigen Felsbrocken am Rand der Piste, welcher sogar den Wagen in Schatten hüllte. Mittagspause, rief er, ich solle mir die Beine vertreten. Er werde ein paar Würste braten und einen Salat zubereiten. Und öffnete die hintere Klappe, wo sich eine Kühlbox in Form einer länglichen Metallkiste befand. Ich erbat mir von ihm die Landkarte, welche im Ablagefach seiner Tür steckte, und sah, dass diese Piste gestrichelt dargestellt war, das hieß: Vierradantrieb und ausreichende Bodenfreiheit. Wir würden in nordöstlicher Richtung weiterfahren, dann nach einer Art Spitzkehre um einen Tafelberg herum uns wieder dem Colorado nähern, sodann wiederum nordöstlich, in einer durchschnittlichen Entfernung von einer Meile immer in Schlangenlinien parallel zum Colorado. Später – und sein Finger zeigte bis ans obere Ende der Karte – würden wir wieder in nordnordöstlicher Richtung fahren. Ich spazierte ein paar hundert Meter voraus, erkletterte eine Anhöhe und sah eine eindrucksvolle Formation: den Rest wohl einer Butte, eines Tafelgebirges, schmale hohe Felswände, rötlich gefärbt, immer wieder von Spalten durchbrochen; die Felsstücke sahen aus wie nebeneinandergestellte riesige Bücher oder wie die Überreste des Gebisses eines urzeitlichen Monsters.

Als wir abgewaschen und aufgeräumt hatten, sagte Kish, während er seine blaue Schirmmütze aufsetzte, jetzt müsse er, wo es nur möglich sei, ein anderes Tempo einschlagen, sonst erreichten wir unseren Campground in *Dollhouse* nicht vor Einbruch der Dunkelheit. Ich überlegte, ob es Tollhaus heiße oder Puppenhaus. Das Zubereiten des Essens, das Aufstellen der Zelte, das Waschen, fuhr er fort, sei trotz zweier Gaslampen in der Dunkelheit, welche sehr schnell einfalle, schwierig. Normalerweise veranschlage man für diese Fahrt zwei bis vier Tage; wenn sich ein Fahrer im Innern von Canyonlands nicht sehr gut auskenne, werde er die meiste Zeit im ersten Gang fahren. Man dürfe auch die Sandpiste, auf der wir jetzt eine Stunde lang unterwegs sein würden, nicht unterschätzen; wenn man nicht achtgebe, gerate der Wagen ins Schlingern, wenn man aus der Spur gerate, versinke man womöglich in einer Sandgrube. Ich entschuldigte mich für zwei Minuten und stapfte ins Wüstengelände; niedrige graugrüne Büschel und ab und zu groteske Gebilde von Totholz, uralte Reste von Wacholderbäumen, von denen jedoch in dieser Gegend keine zu sehen waren.

Kish fuhr jetzt sehr schnell, ich musste mich mit der rechten Hand an der Schlaufe festhalten. Alle Fenster waren geöffnet, der Wagen schlingerte von einem Wegrand zum anderen, er fuhr, wie ein Blick auf den Tachometer zeigte, um die fünfzig Meilen. Nach einer halben Stunde entschuldigte sich Kish, hielt an, verschwand hinter einem Wacholderbaum. Ich stieg zu einem Stück Totholz, das auf einer breiten glatten Felsplatte lag. Daneben spiegelte sich in drei Pfützen der blaue Himmel. Es hatte also, wie Kish berichtet hatte, tatsächlich geregnet. Ein Windstoß brachte einige kugelrunde ausgetrocknete wurzellose Büschel in Bewegung. Nach einer weiteren halben Stunde wurde der Boden immer nässer; Kish fuhr langsamer, und auf einmal kam uns ein großer schwarzer Jeep entgegen und bremste. Everett Kish fuhr ein Stück im Retourgang zurück und steuerte auf eine Felsplatte. Die beiden Fahrer redeten kurz miteinander, schon ging es weiter. Ich hatte mehrmals das Wort *Teapot Rock* gehört; Kish erklärte mir anschließend, die beiden hätten eine Nacht im Camp beim Teapot Rock verbracht. Den würden wir in zirka zwei Stunden erreichen.

Wann hatte es angefangen, dass diese Felsen- und Wüstenlandschaft mich stark zu berühren begann? War es, als ich – nach wie vielen Stunden? – am Horizont über den nicht enden wollenden, langgestreckten rötlich-orangen abgestuften Tafelbergen die obere Hälfte des *Lizard Rock* erblickte, den ich aus einer Broschüre kannte? Einmal, als wir nach einer weiteren Stunde neben einer Latte am

Wegrand stehen blieben, an der ein Brettchen mit der verwitterten Aufschrift *Canyonlands-Nationalpark* angebracht war, blickte ich zurück: die immer noch sandige Piste, in der Mitte mit spärlichem grünem Mittelstreifen und tief ausgefahrenen Radspuren. Weit weit hinten, nach mehreren Kurven, verlor sich der kurvige Wegstreifen am Horizont. Mein Herz schlug aufgeregt: Jetzt also fuhren wir endlich ins Innere des Nationalparks. Der Himmel glänzte tiefblau. Nach einer Kehre um einen Tafelberg herum sah ich wiederum den Lizard Rock und einen weiteren, kleineren. Am Pistenrand wuchsen hohe Wacholder- und Kiefernbäume. Ja, bestätigte Everett, der große langgestreckte sei der Lizard Rock, der andere heiße The Wall, er sehe aus der Nähe tatsächlich aus wie eine hohe Wand. Aber ich solle mich nicht täuschen lassen. Die Luftlinie bedeute in *The Maze* nicht viel. Es werde noch einige Stunden dauern, bis wir am Fuß dieser Felsen die letzte längere Pause einlegen würden. Langsam begriff ich, wir mussten immer wieder langgestreckte hohe Tafelberge umfahren. Es waren keine Gebirge wie bei uns in Österreich, sondern meist flache, abgestufte, abbröckelnde Bergrücken, welche die ursprüngliche Höhe des Colorado-Plateaus sichtbar machten. Eine unvorstellbar große Gesteinsplatte, durchschnittlich tausendfünfhundert Meter hoch, die sich von Wyoming hinunterzog bis Arizona und New Mexico.

Es ging jetzt über Felsen bergauf; ein Rad – meistens das Linke – erklomm eine dicke Felsplatte, gleich darauf sackte der Wagen heftig ab, krachte mit dem Hinterteil des Chassis auf die Piste, und der Schlag zuckte mir heftig in den Rücken. Zwar fuhr Kish über diese Felsbrocken sehr vorsichtig, mit den Vorderrädern Zentimeter für Zentimeter, doch manchmal rutschte ein Rad ab und damit der ganze Wagen, er krachte derartig nieder, dass ich jedes Mal fürchtete, etwas breche und wir kämen nicht mehr weiter. Ein Weg oder eine Piste war schon lange nicht mehr zu erkennen. Ab und zu erblickte ich *Cairns*, aufgeschichtete Steine, wie Kish mir erklärte, welche nach links oder nach rechts wiesen. Es gebe nicht nur eine Route in die *Maze*, hatte Kish mir einmal erklärt, sondern mehrere; aber keine Variante sei ein Kinderspiel. Viele beschädigte Fahrzeuge hätten in den vergangenen Jahrzehnten schon aus *The Maze* und auch aus anderen Gegenden hier herausgeschleppt werden müssen, wenn leichtsinnige Fahrer die Strecke unterschätzten. Die Fahrverhältnisse veränderten sich auch von Jahr zu Jahr; ich könne mir nicht vorstellen, mit welcher Gewalt hier im Spätherbst und Winter Stürme, Schnee, Hagel und Regenstürme wüteten: Felsplatten zersplitterten, andere verschöben sich, so dass er selbst sich manchmal bei einer ersten Fahrt im Mai oder Juni nicht mehr auskenne. Während einer weiteren Pause erklärte er, bald würden wir das Massiv des Teapot Rock erreichen. Ich müsse mir keine Sorgen machen, wenn der Wagen manchmal hinten niederkrache. Es sei bloß die Anhängerkupplung, die da aufschlage. Sie sei mehrfach mit dem Chassis verschweißt, es könne nach menschlichem Ermessen nichts passieren.

Es folgte wieder eine sehr schwierige Strecke; der Wagen wurde beim Überfahren von losen Felstrümmern hin und her geschleudert. Ich hielt mich mit beiden Händen an der Schlaufe fest und erhob mich vor jedem Schlag, den ich kommen sah, ein wenig vom Sitz, um meinen Rücken zu schonen. Einmal stieg Everett aus und überlegte, wie wir den abfallenden Steilhang vor uns bewältigen könnten. Ich erkletterte eine Böschung und schaute zurück. Da stand der Wagen mit aufgespreizten Türen, Kish mit den Händen an den Hüften. Wieder vermaß er da und dort Stellen mit seinem Hosengürtel. Ich schaute auf die Uhr: 14 Uhr 35. Er winkte mir, rief mir beim Einsteigen zu, ich trinke zu wenig. Zentimeter für Zentimeter ruckelte der Wagen dann in einem Bogen hinunter. Gleich darauf erklomm er mit den rechten Rädern einen so steilen Felsenhang, dass ich auf meinem Sitz auf die linke Seite rutschte. Everett machte mich auf ein vorspringendes, langgezogenes Massiv links vor uns in der Ferne aufmerksam: Das sei der Teapot Rock. Nach einer halben Stunde, als er wieder sichtbar wurde, waren wir dem Bergrücken kaum näher gekommen.

In den ersten Stunden unserer Fahrt, als ich es mir manchmal wünschte, hatte Everett Kish selten etwas gesagt, hatte manchmal höchstens brummend auf eine Frage reagiert. Jetzt, da er meistens seine volle Aufmerksamkeit der Strecke zuwenden musste, begann er zu reden: Wenn wir den ursprünglichen Plan hätten einhalten können, würden wir jetzt in ein paar Stunden schon in *The Maze* ankommen. Auf der Rückfahrt jedenfalls würden wir die Strecke über den Flint Trail nehmen. Dazu müssten wir dann zuerst einmal wieder weit zurückfahren ... Ob ich jene Abzweigung, welche wir vor ungefähr einer halben Stunde passiert hätten, bemerkt habe, wo zwei Wege sich kreuzten? Ein Strang dort führe zum Rancher-Stützpunkt. Diesen Berg, er deutete auf einen Höhenrücken hoch oben, würden wir in vielen Windungen hinauffahren, auf unserem Weg zum Camp von *The Spur*, wo wir die letzten beiden Nächte verbringen würden. Jetzt näherten wir uns, erklärte er, dem Teapot Rock, dem Bergrücken links vorne, aber warum er so heiße, werde mir erst klar werden, wenn wir dicht an den beiden Töpfen vorbeiführen. Der erste sehe tatsächlich aus wie ein alter englischer Teekessel, habe ihm ein Engländer einmal erklärt, den er vor Jahren in *The Maze* gebracht habe. Während er an den Rand der Piste fuhr und den Motor abschaltete, sagte Kish, er habe Kopfschmerzen, müsse eine Tablette schlucken. Wir seien jetzt bloß drei Meilen vom Cataract Canyon entfernt, einem der gefürchtetsten Abschnitte des Colorado – gefürchtet vor allem von unerfahrenen Schlauchboottouristen. Als wir dann plötzlich wieder auf einer Piste mit festem Untergrund fuhren, manchmal mit Regenpfützen, und eine Anhöhe erreichten, sah ich in der Ferne einen orangefarbenen Höhenrücken; Kish schien meine Frage, ob dies die Orange Cliffs seien, nicht gehört zu haben. Darüber erhoben sich in der Ferne zwei rötliche Sandsteinformationen, ein länglicher flacher Bergrücken und der zweite anscheinend ein *Standing Rock*. Wir haben es also bald geschafft, dachte ich und hatte ein merkwürdiges Gefühl wie: *Es geht der Heimat zu*. Würde ich tatsächlich heute noch den Chimney Rock erblicken? Verrückte, rätselhafte Sehnsucht.

Der obere Teil des Teapot-Berges mit seinem Knopf sah wie eine zusammengestauchte Pyramide aus, darunter rundherum senkrecht abfallend schroffe Felsen und Geröll. Auf der rechten Seite ging diese Schicht dann in den zweiten, kleineren, weniger beeindruckenden Felsen über. Ich kletterte aufs Dach des Chevy und packte meinen Fotoapparat aus, an den ich bisher nicht gedacht hatte.

Der nächste Campground ist bei den *Golden Stairs*, sagte Kish, und dann noch einmal so weit, noch einmal sieben Meilen, und wir sind am Eingang zum *Land Of Standing Rocks*. Campieren würden wir jedoch in Dollhouse, wo er *Camp Number One* für uns reserviert habe; der Platz liege direkt unter einer sehr hohen breiten Felswand.

Nach einigen weiteren Kilometern – ich war ins Dösen verfallen – eröffnete sich linkerhand eine Landschaft mit mehreren rötlichen Höhenrücken, einer hinter dem anderen. Aber in der Ferne wurden schon neue Schichten von Tafelbergen sichtbar. Und dann für eine Weile der freie Blick auf Lizard Rock und The Wall. Die Entfernung zu ihnen hatte sich kaum verringert, aber der Blickwinkel war ein anderer. Kish hielt jetzt den Chevy öfter kurz an, erleichterte sich am Wegrand. Zurückblickend sah ich den Teapot Rock aus der Entfernung: Es waren eigentlich zwei Erhöhungen nebeneinander, wurde mir jetzt klar, zwei Töpfe, aber beim zweiten Topf fehlte der Knopf des Deckels.

In einer Pause spazierte ich etwas weiter in die wüstenartige Gegend hinein und erschrak fürchterlich, als ich bei einem Busch stehen blieb: Einen Meter vor mir bemerkte ich eine lange Schlange, den Schwanz eingerollt, das Vorderteil mit dem Kopf erhoben. Erst auf den zweiten Blick erkannte ich: ein vertrockneter Wacholderast. Beim nächsten Halt sah ich zwei hintereinanderstehende Tafelberge am Horizont in einer Schräge auslaufen. Deutlich zu sehen die verschiedenen Gesteinsschichten. Der hintere, tatsächlich orangefarbene Bergrücken glich dem vorderen, er war gerade noch über dem Horizont der andersfarbigen Canyonlandschaft wahrnehmbar. Am Ende dieser von kleinen grünen Büscheln durchsetzten Schicht waren wieder der Lizard Rock, The Wall und ein dritter, kleinerer Felsen aus einer anderen Perspektive zu sehen. Kish ließ seit einiger Zeit die Wasserflasche nicht mehr aus der linken Hand. Im Osten über dem Lizard Rock in einer diesigen Schicht ein langgezogenes Gebirge mit einer Schneeschicht auf den höchsten Erhebungen. Das seien wieder die La Sal-Berge, erklärte er mir. Am Fuße dieser Berge in La Sal Junction habe er mit seiner Frau vor zehn Jahren angefangen, ein kleines Haus zu bauen; es sei immer noch nicht fertig. Ein andermal erschrak ich, als ich bei einem Halt aus dem Wagen stieg und sah, dass nach ein paar Metern die Felsplatte, auf der wir hielten, abrupt zu Ende war, senkrecht einige hundert Meter abfiel. Wie soll es hier weitergehen? überlegte ich. Es ging. Am linken Rand des Felsens führte ein schmaler Fahrstreifen steil hinunter, dann verschwand die Piste zwischen Wacholderbäumen. Ein abgestorbener Wacholderstamm mit da und dort hervorstehenden kurzen Ästen sah einem verendeten Tier ähnlich, welches alle Viere von sich streckte. Kish deutete auf die schier endlose Reihe von seltsam geformten Sandsteinformationen am östlichen Horizont. Das seien die *Fins*; hinter ihnen tief unten fließe der Colorado.

Beim nächsten Halt stieg ich auf lockerem Gestein eine Anhöhe hinauf und blickte zurück nach Westen. Wieder hintereinander mehrere Schichten von auslaufenden Tafelbergen; der entfernteste war der Teapot Rock, der mit seiner knopfartigen Spitze hervorragte. Jetzt, sagte Kish, indem er mit einer Kopfdrehung nach links wies, gäbe es wieder eine Piste zum Flint Trail hinauf, mit der wir uns einige Stunden ersparen könnten, aber eine Unterbrechung, eine Schlucht verhindere es, nur Kletterer hätten eine Chance. Das eben seien die Golden Stairs, es führe leider keine direkte Fahrbahn über die Canyons hinweg. Die Kreuzung zum Flint Trail haben wir ja bereits passiert, sagte er plötzlich, beinah hätte ich sie übersehen, ich hab's schon erwähnt ... Man nimmt den Rastplatz dort im Vorbeifahren gar nicht wahr. Aber die nächste Pause machen wir erst beim Chimney Rock. Es eilt. Der Weg hinunter zum Dollhouse Campground, sagte er, hat noch einmal zwei sehr schwierige Passagen ... Dieser Berg dort im Norden heiße *The Big Ridge*. Ich verschwieg ihm, dass meine Wasserflasche leer war. Wir hätten anhalten und einer von uns hätte aufs Dach klettern müssen. Ich solle ihn einfach Everett nennen, sagte er, während er kurz anhielt und seine Brille reinigte. Ich hatte vorgehabt, jetzt mit dem Fotografieren anzufangen, ihn, wenn er nicht von selbst eine Pause einlegen würde, um eine Fotopause zu bitten, aber immer wieder schien mir, eine Fotografie könne niemals wirklich wiedergeben, was ich sah.

Die Piste war jetzt manchmal wieder von Regenpfützen bedeckt. Wenn wir in drei Tagen den Flint Trail hinauffahren, müssen wir vorher die ganze Strecke bis zu der Kreuzung zurückfahren, zweieinhalb Stunden, wiederholte er. Vor uns war jetzt nur noch ein bräunlicher, auslaufender Tafelberg zu sehen, die Schichten der oberen Hälfte fest erscheinend, die untere Hälfte schien seit Vorzeiten zu zerbröckeln und zu zerbröseln. Auf dem Schutt des auslaufenden Teils lag ein mächtiger kugelförmiger Stein mit einem Durchmesser von ungefähr zehn Metern, und ich fragte mich, wie er Halt auf der steilen Schräge gefunden habe. Von jetzt an ging es abwärts, die Sonne stand schon weit im Westen. Auf einer steilen Felsplatte stoppte Kish plötzlich, riss am Schalthebel unter dem Lenkrad herum. Ich begriff, dass er den Rückwärtsgang einlegen wollte, wir kriegten die Kurve hinunter nicht auf einmal. Er fluchte, stieg aus. Ich kletterte aufs Dach und füllte meine Flasche. Everett lag unter dem Wagen. Ich stieg bis ans Ende der Felsplatte und schaute zurück: Immer noch waren die Ausläufer der Tafelberge zu sehen, am markantesten in der Ferne der Teapot Rock, aber wir blickten jetzt auf sie hinab. Im Osten ebenfalls hintereinandergestaffelte, auslaufende Tafelberge. Holperig ging es dann wieder im Schritttempo in eine tiefer liegende zerklüftete, von grünen Wacholderbüscheln durchwachsene Ebene.

Mir fiel ein, wie abwehrend Everett reagiert hatte, als ich ihn während der ersten Fahrstunde fragte, ob er Bücher von Edward Abbey gelesen habe. Er hatte geschwiegen, und erst als ich hinzusetzte, Abbey sei ja wie er Park-Rancher im Canyonlands-Nationalpark gewesen, antwortete er, ja, Abbey, er war ein paar Jahre Rancher in Arches. Gewiss ein ehrenwerter Mann, ein Rebell, aber ... Ich konnte ihm kein Wort mehr entlocken, und so hielt ich mich zurück, ihm zu sagen, dass Abbeys Buch *Desert Solitaire* es gewesen war, das mich bestärkt hatte, nach Utah zu reisen. Als ich zum Wagen zurückkam, hatte Everett einen Klapptisch und zwei Klappstühle aufgestellt, Teller und Besteck hingelegt: eine kleine Stärkung. Plötzlich fiel mir ein: Was machen wir, wenn wir im *Land Of Standing Rocks* einen Motorschaden haben, der nicht zu reparieren ist? Es könnte Tage dauern, bis jemand vorbeikäme. Verhungern würden wir nicht, eher verdursten. Dann fiel mir das Radiotelefon ein; in Moab hatte ich gehört, wie Everett Bill Anderson gefragt hatte, ob er das Radiofunktelefon überprüft habe. Ich hatte gerade ein großformatiges Foto an der Holzwand betrachtet, das seinen Vater zeigte, wie zu lesen war. Ein alter Mann, neunzigjährig, mit einem Stock, in *The Maze*, in der Wildnis, im Hintergrund Sandsteinformationen.

Abrupt bremste Kish, beinah warf es mich vom Sitz. Here we are! Seit einiger Zeit war ich müde geworden, ins Dösen verfallen. Wir waren seit einer Weile bergab geholpert, nun erreichten wir eine sandige Ebene, ein weitläufiges, breites Tal, das, wie ich gleich bemerkte, aus unzähligen Klüften und Canyons bestand. Der Untergrund, das wurde mir erst später klar, war nicht »Wüstensand«, sondern hauptsächlich der in Millionen von Jahren zerriebene Sand der Butten und Tafelberge. In einem gewissen Sinne also doch Wüstensand. Auf der linken Seite ein immer wieder gebrochener, eingebrochener Tafelberg, der aus mehreren verschiedenfarbigen Schichten bestand. In einer Entfernung von ein paar hundert Metern ragte in Kegelform eine etwas zerbröselte Butte hervor. Ganz hinten, mit freiem Auge kaum zu sehen, merkwürdige Erhebungen. Das, so dachte ich, werden die *Aufragenden Felsen* sein. Das ganze Tal vor uns war unregelmäßig mit grünen Wacholderbüschen und gelegentlichen einzelnen Wacholderbäumen bewachsen. In der Ferne, auf der Höhe der ersten, kegelförmigen Butte – Everett hatte sie Elaterite Butte genannt –, eine zweite, welche ihre Breitseite zeigte. Eine kurze Strecke müssen wir noch fahren, sagte er, ich möge mir ein wenig die Beine vertreten, mich umsehen, er wolle sich ausruhen. Der Wagen stand jetzt im Schatten großer Wacholderbäume. Wir dehnten nach dem Aussteigen erst einmal beide gleichzeitig unsere Glieder. Dort, erklärte Everett und deutete nach Osten, diese seltsam schroffen Felsformationen, das sind immer noch die *Fins*; dahinter, tief unten, fließt der Colorado. Die auslaufenden Felsen der *Fins* hatten die Form von Walfischflossen. Am Ende dieser Sandsteinfelsen war ein Stück der Abbruchkante hinunter in den Colorado Canyon zu erahnen. Ich stieg mit der Kamera ins Gelände. Der Untergrund war fester, als wäre der rötliche Sandstein weniger fein zermahlen worden. Da und dort winzige, sperrige Büschel von silbrig-grünen Sträuchern. Plötzlich stockte mein Blick: Ungefähr zehn Meter vor mir versperrten zwei rötliche Felsen den Weg. Als ich näher kam, war der Abstand zwischen den beiden doch anderthalb Meter breit. Jetzt erst bemerkte ich, dass wir uns auf einem Felsrücken befanden, der gleich hinter diesen Gebilden steil abfiel. Eine Art Tal mit einer zerklüfteten Oberfläche war zu sehen, begrenzt von einem langgezogenen Höhenrücken, auf dem eine Butte stand, wahrscheinlich die von Kish erwähnte Elaterite Butte. Ich näherte mich dem linken Felsen, dessen oberer Teil von einem Wacholderbaum beschattet wurde. Ich begriff, dass sich in einiger Entfernung unter mir das *Land Of Standing Rocks* befinden musste; die endlosen zerklüfteten Canyon-Einschnitte waren deutlich zu erkennen. Als ich vor dem ungefähr drei Meter hohen Felsen-Monument stand, wirkte es auf mich mit seinen Bruchlinien, als wäre es aus gleichfarbigen großen Steinen kunstvoll zusammengefügt (wie die Steinleger bei uns es früher konnten) und glattgeschliffen worden. Es erschien mir als ein magisches Kunstwerk, errichtet womöglich von den Indianern der Vorzeit. Wenn es so war, dann hatte das Gebilde sicher einmal die Form einer Pyramide gehabt. Ich näherte mich dem zweiten Felsen, der mir jetzt als Bruchstück eines monumentalen versteinerten Baumstammes erschien, er lag, halb so hoch, dem ersten Felsen gegenüber. Der schräge Schnitt an seinem Ende sah aus, als sei er hohl, mit Zement gefüllt oder verspachtelt worden. Hinter dem Felsen mehrere Wacholderbäume und -sträucher und weiteres, minder großes Gestein. Ich stieg hinunter bis zum Abbruch des Geländes. Die Elaterite Butte gegenüber, in einer Entfernung von ungefähr einem Kilometer, sich über zwei übereinanderliegende Gesteinsschichten erhebend, zeigte sich jetzt von der Schrägseite: ein schmaler konischer Felsen, unterhalb seines Kamms schräg auslaufende Geröllhalden. Der ganze Berg mit seinem zersplitterten Kamm war von unzähligen mächtigen Gewitterstürmen gezeichnet. Rechts davon, weit entfernt, war auf gleicher Höhe die Ekker Butte zu erkennen, der ersten gleichend. Zwischen den beiden Butten übereinander viele Kilometer lange Abrisskanten von darunterliegenden Gesteinsschichten. Besonders im Winterhalbjahr, wenn die Stürme tobten, mochten seit Urzeiten Steine und Geröll ins Tal gerieselt sein. Darunter erstreckte sich wie eine Art Tal die weitgehend flache, aber zerklüftete Canyon-Ebene. Sich vorzustellen, dass die Gipfelkämme der beiden Butten die ursprünglichen Höhen des Colorado-Plateaus bezeichneten! Aus der Ferne ertönte ein Hupen.

Als ich zum Wagen zurückkam, stand er mit weit geöffneten Türen auf schrägem Felsengelände, so dass er von weitem wie ein bizarres Wesen mit Schwingen aussah. Everett startete den Motor, weiter ging es auf dem sandigen Gelände, vorbei an Wacholderbäumen, an denen niemals ein gerader Ast gewachsen war. Im Vorbeifahren sah ich einige Meter vom Wagen entfernt den Überrest eines ausgebleichten Exemplars; beeindruckend die vollkommene Kreisform, welche ein in die Höhe ragendes Aststück bildete; die übrigen dürren, abstehenden Zweige des Stammes ausgestreckt in alle Richtungen, so dass das Gebilde stabil da lag.

Hier beginnt *The Maze*, rief Everett und lenkte den Wagen auf die Düne neben der Fahrbahn, als würde gleich ein weiterer vorbeikommen. Dieser *Wall* vor uns, er streckte einen Arm aus, für den man auch den langgezogenen Lizard Rock halten könnte, ist vielleicht eine Art von Warnung, sich nicht leichtsinnig in das Felsenlabyrinth zu begeben. Wie du sehen kannst, endet hier in diesem langgezogenen Valley die Sandschicht auf den glatten zerklüfteten Canyon-Felsen. *Slick Rock* ist die Bezeichnung. Sie sind oft so glatt, dass man darauf sogar bei trockenem Wetter ausrutschen kann. Unter den vielen Schluchten hier gibt es zwei begehbare: der Chocolate Drops Trail, ungefähr acht Meilen lang, endet am Fuß des Massivs, auf dem die Drops sich erheben, jene vier Rippen, welche bei den Wanderern berühmt sind. Wir, setzte er hinzu, nennen sie die Mauern von Jericho. Die andere, längere, tiefere Schlucht heißt *Plug-Trail*, er führt zu den prähistorischen Felsmalereien, genannt *Harvest Scene*. Acht oder zehn Meilen, das klingt harmlos, aber man muss bedenken, es geht andauernd bergauf und bergab, manchmal tief hinunter auf den Grund der Schlucht; das Terrain verhindert ein lockeres Wandern. Ich bin froh, sagte er, dass Harvest Scene nicht auf deiner Wunschliste steht, dazu fühle ich mich momentan nicht in der Lage. Ich antwortete, von einer Wanderroute zu Felsmalereien in *The Maze* noch nirgendwo etwas gelesen zu haben. Aber später erinnerte ich mich an eine Abbildung im Reiseführer, der in meinem Rucksack steckte. *The Plug*, sagte er und deutete mit der linken Hand aus dem Fenster, der erste *Standing Rock*; den zweiten wirst du auch gleich erblicken. Hier beginnt der Trail nach Harvest Scene. Ich merkte, er hatte es eilig, an ein Ziel zu kommen. Nach weiteren zweihundert Metern sah ich den fünfzehn oder zwanzig Meter hohen *Standing Rock*, ein dünner Felsenstamm, ja wie eine Stele aus unzähligen Gesteinsschichten bestehend. Ich hörte bald auf, sie zu zählen. Das obere Drittel begann mit einem Einschnitt, einer schmalen Verengung. Sich vorzustellen, dass er neben dem *Pflock,* dem *Chimney Rock* und anderen Monumenten die einzige Erhebung war, welche nicht in vielen Jahrmillionen von Wasser, Wind und Wetter planiert worden war.

Nach einigen weiteren Kilometern bremste Everett auf einem abschüssigen Felsenplateau parallel zu der Sandpiste. Nachdem er den Zündschlüssel herumgedreht hatte, sprang der Motor des Chevy wieder an, schnalzte heftig und erstarb endlich. Wir stapften, meist im Schatten von kleinen Wacholderbäumen, ein felsiges, dann wieder von Dünen, rötlichen Felsbrocken und grünen Büscheln bedecktes Terrain schräg hinunter und kamen endlich ins Freie. Das Licht blendete mich derartig, dass ich mich zuerst einmal abwenden musste. Wer weiß, ob wir in den nächsten Tagen einen so klaren Himmel haben werden, sagte Everett. Ich zeig dir jetzt die Hauptsache, Mike. Dies ist für uns immer noch eine Art heiliger Bezirk, wenn auch viele meines Volkes ihre religiösen Gefühle verloren haben.

Wir erreichten den unteren Rand eines abfallenden Höhenrückens, Everett setzte sich auf eine Felsplatte und überkreuzte seine Beine. Auf einmal streckte er einen Arm aus und sah zu mir herüber. Ich fühlte sogleich das Besondere dieses Panorama-Ausblicks. Das von Felsschluchten durchzogene *Land Of Standing Rocks* lag vor uns. Von den teilweise tiefen Schluchten hätte ich ohne Everetts Hinweis gar nichts bemerkt, nur eine zerschrundene, wie schwebend wirkende Oberfläche des felsigen Plateaus, welches nicht wie die Umgebung rötlichbraun, sondern eher weißlich aussah. Auf der linken Seite unter uns, gerade noch im Gesichtsfeld, zog sich ein schütteres Wäldchen mit niedrigen Wacholderbäumen hin. Das blendende Licht setzte die Landschaft in ein beinahe unwirkliches Szenarium. Ich senkte den Blick erst einmal und nahm das schräg abfallende Gelände vor uns auf, meist von rotbraunem Sand bedeckte Felsschichten, auf denen manchmal kurios aussehende Felsbrocken lagen. Da und dort liefen diese Schichten wie hingegossene Wächten in sandlosen hellen Fransen aus. Von wo, überlegte ich, könnten die mehr oder weniger kugelförmigen dieser herumliegenden massiven Steinbrocken hergerollt oder auf andere Weise hierher verfrachtet worden sein? Daheim, im Gebirge, erinnerte ich mich, nennt man solche abgerundete Felsbrocken Findlinge. Am linken Blickrand erhob sich – mit dem blauen Himmel im Hintergrund – die Elaterite Butte, am rechten die uns jetzt näher gerückte, aber immer noch weit entfernte Ekker. Von hier aus zeigten beide ihre Breitseiten, beide Butten standen auf derselben langgezogenen Gesteinsschicht, die sich dahinzog, so weit der Blick reichte.

Die drei Monumente im Zentrum des Blickfeldes zogen mein Schauen auf sich. Warum waren sie mir so nahe?

Ihre rotbraune Farbe war viel dunkler als jene ihrer Umgebung. Das mittlere, größte Gebilde war es, das mich besonders beschäftigte, es erreichte von hier aus gesehen beinahe die Höhe der noch einmal so weit entfernten Elaterite-Butte. Es schien wie einer dieser uralten kalifornischen Riesenbäume aus dem Felsenmassiv herausgewachsen, teilte sich dann in drei wie zusammengewachsene Teile. Der linke, schmälste Abschnitt lief in etwas Kopfartiges aus. Ich dachte auch an eine Spindel. Es war zu sehen, dass die Struktur des Felsenmonuments aus lauter Sedimentschichten gebildet war, und trotzdem ließ sich der Eindruck von etwas Unerklärbarem nicht verdrängen. Die in einiger Entfernung links und rechts davon befindlichen Felsengebilde, fand ich jetzt, waren schön, vielleicht auch mysteriös, aber bei ihnen musste ich nicht an etwas Übernatürliches denken.

Eine Krähe flog vorüber, ließ sich in einem der Wacholderbäume am linken Blickrand nieder. Dort stand der erste massive *Standing Rock*, etwas schräg nach links geneigt, in Richtung des Lizard Rock, dessen Ausläufer weiter am Horizont gerade noch zu sehen waren. Das Objekt einige hundert Meter rechts von dem größten Monument hatte die Form einer niedrigen Pyramide, nur dass anstatt einer Spitze ein Rechteck den Abschluss bildete. Jetzt fiel mir ein, dass ich zu Hause auf einer Landkarte die Bezeichnung »Cathedral in the Desert« gelesen hatte. Hinter diesen aufragenden Felsengebilden, wohl einige Kilometer entfernt, verliefen verschiedene Gesteinsschichten, teilweise mit Einbrüchen und Massen von heruntergerutschtem Geröll, als handle es sich um einen vorzeitlichen Steinbruch. Rechts außen auf der höheren der beiden endlosen Schichten die Ekker Butte, bis hinauf zu ihrem

Kamm aus lauter feinem und grobem Geröll, ein wenig rechts davon, etwas tiefer auf einem sanften Hügel stehend weitere *Standing Rocks*. Everett bestätigte auf meine Frage, dies seien die Chocolate Drops mit ihren vier ungleich breiten Rippen. Die würden wir, sagte er, in zwei Tagen aus einer beeindruckenden Perspektive sehen – von der anderen Seite –, vom *Maze Overlook* aus. Die Oberflächen der Drops sahen aus wie beschneit. Es handle sich um eine salzhaltige Schicht, erklärte Everett, dieselbe wie da und dort bei den Felsen, auf denen wir sitzen. Ich deutete auf einen Zapfen ganz am Ende des Tales, der wie ein Kerzenleuchter aussah. Das sei der sogenannte Candlestick Tower, auch diesem würden wir in den nächsten Tagen noch näher rücken. Auf einmal wurde mir die Stille hier bewusst und die ungeheuren Zeiträume der Entstehungsgeschichte unserer Erde, und wie winzig die Epoche der Menschheitsgeschichte.

Ich fürchtete, Everett würde bald aufstehen und ich könnte nicht mehr auf dieses wohl mehr als fünfzig Meter hohe, dunkelbraun bis rotbraun mit einem Hauch von Violett gefärbte Gebilde schauen. Ich hoffte, wir könnten am nächsten Tag noch näher herangehen, womöglich es umrunden, es schien von jeder Seite anders geformt. An diesem merkwürdigen Naturdenkmal, wurde mir klar, waren verschiedene geologische Schichten von Jahrmillionen abzulesen. Im obersten Drittel wirkten die einzelnen Teile beinah grotesk. Jetzt erst sah ich, dass es vier Köpfe hatte, zwei davon wie zusammengewachsen, das linke kopfähnliche oder auch spindelähnliche Gefüge mit einem mehrere Meter langen dünnen Hals.

Ich merkte, Everett wollte nicht gestört werden. Mir schien, sein Abwesendsein mache ihn beinahe unsichtbar. Auch ich geriet beim Schauen in eine Art Trancezustand, und einmal fiel mir ein, dass allein das Schauen auf diese Felsgebilde die Reise gelohnt hätte. Ein Widerschein des Paradieses? Ich hatte aufgehört, mir die Entstehung der Skulpturen zu erklären, überlegte nicht mehr, ob es *bloß* übrig gebliebene Reste des eingebrochenen, zerbröselten, weggeschwemmten ursprünglichen Colorado-Plateaus sein könnten.

Es ist schade, dass ich das Fernglas nicht finden kann, sagte Everett, indem er aufstand, damit könntest du sehen, wie dieser scheinbar ebene oder gerippte Landstrich, dieses Land der *Standing Rocks* tatsächlich beschaffen ist: zerklüftet, mit tiefen Canyons, einer hinter dem anderen, deren felsiger, steiniger Grund nur sehr mühsam zu durchqueren ist; die Hitze dort unten ist jetzt im Sommer kaum auszuhalten. Das werden wir zu spüren bekommen, wenn wir vielleicht doch nach *Harvest Scene* wandern. Vielleicht fühle ich mich ja morgen besser, setzte er hinzu. Aber wir müssten von unserem Campplatz in Dollhouse spätestens um fünf Uhr früh aufbrechen und wären dann nach zwei Stunden beim Chimney Rock, in dessen Schatten wir den Wagen abstellen könnten. Eigentlich sei es jetzt an der Zeit, dass er mir etwas über die Entstehung des Colorado-Plateaus erzähle, aber er sei zu müde. Er könne das vielleicht während der langen Fahrt von der Rancher-Station bis zu unserem Camp in The Spur tun. Ob ich den Tafelberg hinter der Ekker Butte in der Ferne sähe? Auf dessen Plateau würden wir dann fahren, immer in nördlicher Richtung.

Die Monumente vor uns seien vermutlich um die zwei- bis dreihundert Millionen Jahre alt. Er sei sicher, dass seine Vorfahren sie als etwas Heiliges angesehen hätten. Das Gebiet sei früher viel fruchtbarer gewesen als jetzt. Vor siebenhundert Jahren hätten sie hier Mais und Bohnen angebaut. Weiße Bauern aus der Gegend der Stadt Green River trieben hunderte Jahre später noch vom Frühjahr bis Spätsommer ihre Kühe auf die Weiden in der nördlichen *Maze*. Heutzutage gebe es weit und breit kein Wasser mehr. Ein paar Leute kenne er, welche von verborgenen Wasserstellen wüssten, Bill Anderson zum Beispiel, dem sie sein Vater gezeigt habe. Vor hundert Jahren sei die Gegend auch noch von Pappeln bewachsen gewesen. Im Frühjahr, wenn es tage- und wochenlang regne, erblühe *The Maze* in allen Farben. Blumen, die nur noch hier wüchsen, Gräser, plätschernde Bäche ... Rehe hätten hier gelebt, Bighorn-Schafe, Hasen, Raubvögel, Pumas und andere Tiere. Jetzt gebe es im Nationalpark wahrscheinlich nur noch Hasen, Bergschafe, Pumas und Coyoten. Da jedoch manche Gegenden des Nationalparks den Menschen unzugänglich seien, vielleicht auch noch andere Tiere.

Während Everett den Motor startete, versuchte ich noch einmal, einen Blick auf das Canyon-Tal zu erhaschen.

Und dann, nach weiteren zehn Minuten Fahrt – manchmal waren die zerklüfteten Canyons tief unten noch einmal zu sehen – endlich der Chimney Rock, knapp an einem tiefen Geländeabbruch sich erhebend; er sah von jeder Seite völlig anders aus. Einmal ähnelte er sogar dem stangenförmigen *Standing Rock*, der Durchmesser jedoch voluminöser und die Oberfläche unregelmäßiger; von einer anderen Seite sah er tatsächlich wie ein Kamin aus.

Ein wenig war ich jedoch enttäuscht, dass er mich nicht so übermäßig beeindruckte.

Everett wischte sich mit seinem großen Tuch den Schweiß aus dem Gesicht und dem Nacken. Mir schien, seine Augen waren angeschwollen. Die Autopiste ende hier, sagte er. Um zu der Abzweigung nach *Dollhouse* zu gelangen, müssen wir jetzt wieder eine Meile zurück fahren – aber du wolltest unbedingt den Chimney sehen. Er fragte mich, ob ich in der Lage sei, ein Zelt allein aufzustellen? Er werde mir kaum helfen können, müsse nach der Ankunft in Dollhouse, solange es noch hell sei, das Essen zubereiten und alles einrichten.

Auf der Geröllpiste hinunter nach Dollhouse überholten wir einen jungen Mann mit nacktem Oberkörper, eine Wasserflasche in der Hand. Everett hielt an und befragte ihn. Er sei von Needles herüber gekommen, habe den Fluss durchschwommen, sei den Spanish Bottom Trail heraufgewandert, hinauf bis zum Chimney Rock. Jetzt sei er auf dem Rückweg ... Everett schien besorgt: ob er sicher sei, vor Einbruch der Dunkelheit Needles zu erreichen, ob er genug Wasser dabei habe. Zu mir sagte er dann auf der Weiterfahrt, er habe die Fußspuren des Mannes im Sand schon seit einer Weile bemerkt. Wir erreichten die *schwierige Stelle*, eine steile Schottergrube mit vielen verstreuten großen Felsbrocken. Behutsam ließ Everett den Wagen hinuntergleiten. Lenkradarbeit, Zentimeter für Zentimeter, immer wieder das harte Zusammensacken des Wagens. Ich sah die ersten eigenartigen Felsformationen von Dollhouse, manchmal waren mehrere aneinandergereiht, mit weißen horizontalen Streifen. Als wir das Camp erreichten, begann es schon zu dunkeln. Everett kletterte aufs Dach und reichte mir die Sachen herunter. Ich solle sofort beginnen, die Zelte auszupacken und die Teile zu sortieren, am besten am Fuß des hohen Felsens, er helfe mir dann. Er werkte hektisch, stellte am Fuß der Felswand, die bis in den Himmel zu reichen schien, Klappstühle und einen Klapptisch auf. Das Innere meines Zeltes kam mir winzig vor. Neben der Matte, auf welcher der Schlafsack lag, hatte gerade noch auf einer Seite der Rucksack und auf der anderen die Reisetasche Platz. Everett zeigte mir vor dem Essen das Klo; er ging um dichtes Strauchwerk herum voraus. Ein schmaler Durchgang zwischen zwei meterhohen Felsen, drinnen ein uneinsehbarer Platz an einer Felswand. Wenn der Spaten vor dem Zugang quer liege, sei der Ort besetzt. Wir seien ja heute nur zu zweit, aber er baue immer alles wie gewohnt auf. Er wies auf das dunkelblaue Metallklosett, welches er vor Jahren aus Militärbeständen erworben habe. Dort in dem Behälter auf der Felsplatte befinde sich das Klopapier. Wenn wir Green River wieder erreichten, werde er den Inhalt in einem Tankstellenklo entsorgen. Zum Urinieren müsse ich diesen Platz nicht aufsuchen, das könne ich überall. Ich dürfe in der *Maze* nichts wegwerfen und kein Steinchen aufklauben. Die Campplätze würden von den Park-Ranchern regelmäßig untersucht, überprüft. Wenn sie mir ein Vergehen gegen das Gesetz nachweisen, sagte er und schaute mir in die Augen, verliere ich meine Lizenz; einmal vor sechs Jahren bin ich schon verwarnt worden. Er erinnerte mich noch einmal an die *Soil Crusts*. Ein einziger Fußtritt zerstöre diese Bodenkrusten, so Everett. Ein kleines Terrain davon war mir einige Meter von meinem Zeltplatz entfernt schon aufgefallen. Cyanobakterien gehörten zu den ältesten Lebensformen auf dieser Erde. Wenn hier auf diesem Gelände ein Jeep einen anderen überhole, dabei von der Piste auf ein Gelände mit Soil Crusts gerate, so sei dies eine kleine Katastrophe.

Everett erklärte mir die Waschanlage: An einem Wacholderast hing an einem Draht eine große Eisenbüchse mit einem Loch am Boden. Er machte mir vor, wie man den s-förmigen Draht vom Ast abnimmt, mit der Büchse Wasser aus dem Eimer schöpft, sie wieder an den Ast hängt und sich mit dem dünnen Wasserstrahl und der Seife wäscht. Jetzt werde er uns etwas kochen. Ich spazierte in der Dämmerung noch herum und betrachtete die vielfarbigen Felswände der Umgebung.

Das Essen fand – mit einer Gaslampe auf dem Klapptisch – im Dunkeln statt. Mich begann zu frieren. Immer klarer wurden die Sterne sichtbar. Später reichte mir Everett sein schweres Militärfernglas, es habe sich doch bei seinen Sachen befunden. Solch einen Sternenhimmel hatte ich noch nie gesehen, die Sterne schienen der Erde näher gerückt zu sein. Die Müdigkeit setzte mir immer mehr zu. Gegen 21 Uhr schlüpfte ich ins Zelt. Einmal noch öffnete ich den Reißverschluss, holte die Wanderschuhe herein, eindringlich hatte mich Everett vor Skorpionen gewarnt. Ob ich eine Taschenlampe dabeihätte? Wenn ich nachts das Zelt einmal verlassen müsse, solle ich vorsichtig sein. Meines bestand über mir im Durchmesser eines halben Meters aus einem feinen Netzwerk, ich konnte den Sternenhimmel sehen; spürte aber auch die hereindringende Kälte. Ein Tier schrie in der Nähe. Ein Coyote? Puma? Gegen Morgen begann mich an den Schultern zu frieren. Aufstehen um sechs, hatte Everett gesagt, der Weg nach Harvest Scene sei lang. Als ich nach dem Zähneputzen zu seinem Zelt stapfte, rührte sich noch nichts. Sonnenlicht begann die Felsen zu erhellen. Später auf dem Weg zum Klo sah ich, dass die Felsformationen im Osten förmlich erglühten. Auf der anderen Seite unseres fast in den Himmel reichenden vielfarbigen Felsens erwärmte schon die Sonne die Luft. Ich setzte mich auf einen flachen Felssockel. In hundert Metern Entfernung sah ich einen Einschnitt, vielleicht ein Canyon. Als ich weiter über Stock und Stein ging und dann durch ein sandiges Gelände kam, aus dem vertrocknete Büschel wuchsen, ragte plötzlich direkt am Abhang ein schlanker *Standing Rock* in die Höhe. Der senkrecht abfallende Krater, der Blick auf die Gegenseite des Canyons mit seinen unterschiedlichen Gesteinsschichten – ich traute mich nicht, allein weiter vorzusteigen.

Als ich Everett beim Frühstück davon berichtete, sagte er, wir befänden uns direkt oberhalb von Spanish Bottom, unten am Ufer sei einer der raren Sandstrände an den Ufern des Colorado. Nachher fragte er mich, wie viel Wasser ich im Rucksack tragen könne. Ich sagte, an mein Knie denkend (das ich allerdings bis jetzt in Utah nicht gespürt hatte), drei bis vier Liter vielleicht. Er schüttelte den Kopf, ich müsse acht Liter bei mir haben während der Wanderung zum Confluence, wo der Green River in den Colorado münde. Es werde ein sehr heißer Tag. Ich erwiderte, ich wisse gar nicht, dass diese Wanderung heute auf dem Programm stehe, wollte ihn aber jetzt nicht daran erinnern, dass er am Abend zuvor noch von *Harvest Scene* und dem *Maze* Overlook gesprochen hatte, und sagte, lieber würde ich von *Dollhouse* bis zu den *Standing Rocks* hinaufwandern und mich dort einige Stunden aufhalten. Er widersprach, heute stehe der *Confluence* auf dem Programm. Ich erklärte ihm das Problem mit meinen Knien: Ich könne zwar stundenlang wandern, aber nur ohne größere Belastung. Er überlegte. Er könne zusätzlich zu seinem Wasser noch zwei Liter für mich schleppen, aber sechs müsse ich tragen. Ich schüttelte den Kopf, unmöglich, zu gefährlich. Ich schlug ihm vor, dass ich hierbleibe, mich hier umsehe ... Das komme nicht in Frage, er dürfe mich gar nicht allein längere Zeit zurücklassen. Und setzte hinzu, er wolle heute einen Ort besuchen, an dem ein enger Freund von ihm vor ziemlich genau zehn Jahren gestorben sei. Schließlich gab er nach, fragte, ob ich mich allein hier nicht fürchtete, zeigte mir den Verschluss des Kühlschranks im Auto, meinte, ich könne vielleicht hinuntersteigen nach Spanish Bottom. Hierfür würden zwei bis drei Liter genügen. Der Schwierigkeitsgrad sei ein mittlerer. Dann werde er jetzt rasch abwaschen und zusammenräumen und aufbrechen; gegen sechzehn Uhr spätestens werde er zurück sein, man gehe ungefähr zweimal vier Stunden. Als er losmarschierte, mit Rucksack und Walking-Stöcken, setzte ich meinen leichten Hut auf und begleitete ihn bis zu der Abzweigung. Auf dem sandigen Weg, auf dem wir tags zuvor gekommen waren, dauerte es keine zehn Minuten, bis am Wegrand ein Brettchen zu sehen war, das auf einen Stock genagelt war: *Colorado/ Green River Overlook Trail – 4,5*. Ich fragte ihn: Nur viereinhalb Meilen? Warum braucht man dazu vier Stunden? Es sei kein gerader, ebener Weg, antwortete er. Man müsse Umwege machen, Steile *Slick Rocks* hinauf- und hinunterklettern, in einen tiefen Canyon hinab- und wieder hinaufsteigen, und man müsse auch Pausen machen.

Ich spazierte mit ihm noch eine Weile auf dem lockeren Sandweg und verabschiedete mich dann. Erhöht, am Horizont wurden die verrückt schönen Monumente von Dollhouse sichtbar, sie erinnerten mich an das höhere Niveau der Hochebene, auf der sich der Chimney Rock befand. Mit Puppenstuben hatten sie für mich wenig zu tun. Aber vielleicht gab es andere Skulpturen, die an Puppen erinnerten. In der Ferne sah ich ein merkwürdiges niedriges Felsengebilde, es sah wie eine von Menschen errichtete Unterkunft aus, hatte eine unregelmäßig runde Form, ungefähr zweieinhalb Meter hoch, mit einem schrägen Dach, das auf der anderen Seite wie eine irr gebürstete Frisur geformt war. In der Ferne am Horizont standen zehn oder zwölf Skulpturen nebeneinander, manchmal wie zusammengeschweißt; jede hatte sechs rötliche reifenartige Schichten, wobei jeweils die vorletzte obere Schicht aus hellem Gestein war; Everett hatte mir erklärt, es seien Salzschichten. Auf dem Rückweg überlegte ich, wie es wäre, zum Spanish Bottom hinunterzuklettern. Mir fiel meine Idee vom Vorjahr ein, in *The Maze* zu gelangen, indem ich in Needles den Colorado durchschwamm und bei Spanish Bottom ins *Land Of Standing Rocks* hinaufwanderte: Es war also möglich. Als ich beim Hinweisschild *Spanish Bottom Trail* ankam, beschloss ich, gleich loszugehen. Neun Uhr vorbei. Am späten Mittag konnte ich zurück sein, je nach dem, wie lange ich mich dort unten am Fluss, am Strand aufhalten würde. Ich stellte mir vor, auch in den ausgetrockneten Canyon hineinzuwandern und hinaufzuschauen zu der Abrisskante, wo ich am Morgen gestanden war. Ich ging in den von bräunlichen Gräsern überwachsenen Weg hinein. Wie dumm von mir, fiel mir ein, ich hab ja kein Wasser dabei, muss mindestens zwei Flaschen ... da schnellte vor meinem Fuß eine dicke Schlange vorbei. Ich erschrak fürchterlich: Würde eine Klapperschlange mich hier beißen, wäre mir wahrscheinlich nicht mehr zu helfen. Aber die Schlange hatte nicht geklappert. Everett hatte während der Fahrt so nebenbei einmal erwähnt, er habe ein Serum im Kühlfach. Er hatte auch gesagt, dass sich die Schlangen normalerweise am Tag selten zeigten. Schritt für Schritt ging ich, fest aufstampfend, langsam zurück und war sehr erleichtert, als ich wieder auf der Sandstraße ankam; noch immer schlug mein Puls heftig.

Zurück beim Zeltplatz nahm ich mir einen der Klappstühle und setzte mich in den Schatten des beinah unheimlichen hohen Felsenmassivs; an seinem Fuß fühlte ich mich sehr klein. Ich blickte auf die Sandpiste, auf der wir gekommen waren. Nach einer Weile inspizierte ich die Kühlbox, indem ich die hintere Klappe am Chevy und die beiden Klemmverschlüsse öffnete. Auf Kunststoffbehältern waren Essensportionen beschriftet. Medikamente sah ich keine. Hätte ich an eine Kühlbox gedacht, hätte ich mein Medikamententäschchen mitgenommen.

Mein kleiner Morgenspaziergang fiel mir ein, und ich stieg wieder den Pfad hinauf, welcher den Felsen umrundete. Dahinter öffnete sich eine unglaublich farbenreich leuchtende Landschaft aus Sanddünen und Felsmonumenten. Hinter unserem riesigen Felsen sah ich die penisförmigen Sandsteingebilde, die mir in der Früh schon aufgefallen waren. Man hätte sie für aztekische Skulpturen halten können. Jenseits des Canyons im Needles-Bereich dünne Gebilde, die wie gebogene und gebündelte Stecken aussahen. Ja, als *Nadeln* konnte man die Steingebilde sehen. Everett hatte sein Fernglas mitgenommen, sonst würde ich vielleicht jene pilzförmigen Felsen sehen können, die ich vor vier Jahren in Needles von der anderen Seite aus bewundert hatte.

Direkt vom Sonnenlicht bestrahlt, durch eine tiefe Grube getrennt von den aztekischen *Standing Rocks*: Objekte, die aussahen wie Riesen aus einer unbekannten Vorzeit. Der mächtige Vater, breites glattes Becken, etwas vornüber gebeugt, daneben die Mutter mit einem in einer Spitze auslaufenden Kopf, und daneben wie Orgelpfeifen die kleiner und kleiner werdenden Kinder ... Ich kletterte weiter um den hohen Felsen herum zu einer Figur, die mich an einen mächtigen Schimpansen erinnerte; im Profil hatte er am Kinn sogar steinerne Barthaare. Der penisförmige Stein sah jetzt eher aus wie ein römischer Feldherr in seiner Toga, mit geöffnetem Mund, vielleicht einen Befehl rufend. Und die ihm gegenüber befindliche Familie wie seine Untergebenen. Weitersteigend, um die Steinfiguren herum, kam ich ins Freie, blickte hinunter in eine Ebene, eine Art Feld, und sah einen Weg sich da durchschlängeln, einen Wanderweg offensichtlich; das nahm ich mir für den späten Nachmittag vor, wenn Everett zurück sein würde. Es zog mich wieder zurück zum Campplatz; über grobe Steinbrocken gelangte ich in östlicher Richtung neuerlich zu den aufragenden Figuren in der Nähe des Canyon-Abbruchs. Von hier aus hinübersehend zu dem Azteken, erschrak ich beinah: Ein weiterer, kleinerer schien sich an ihn anzuschmiegen. Vielleicht waren es Skulpturen der indianischen Vorfahren dieser Gegend? Jenseits des nun spitz zulaufenden Canyonrands, aber wohl noch im *Maze*-Gebiet, auf einem flachen Hügel eine Ansammlung von pilzförmigen, oben wie zusammengestaucht wirkenden rötlichen Gebilden. Ich geriet dann auf einen sandigen Weg, der mich zum Camp zurückführte; allerdings musste ich mich dazu an einer Stelle tief bücken, um unter den Zweigen eines Wacholderbaums durchzuschlüpfen. Und wieder saß ich auf dem Klappstuhl und schaute in die Richtung, aus der Everett in ungefähr fünf Stunden zu erblicken sein würde. Der Schattenbereich des hohen Felsenmassivs verringerte sich immer mehr. Der Platz, an dem ich meinen Stuhl zuerst hingestellt hatte, lag bereits im Sonnenlicht.

Gegen Mittag holte ich mir zwei der Plastikbeutel aus der Kühlbox, stellte sie in den Schatten und spazierte nach einer Pause wieder den Weg entlang, auf dem wir hergekommen waren. Wieder bewunderte ich die hohen Steinmonumente entlang des Wegs. Er führte in einer Entfernung von ungefähr fünf Metern an Felsformationen vorbei, die sich in ihren Strukturen, ihren Formen, ihren Farben unterschieden, trotzdem war es im Grunde eine einzige Felswand, mit wechselnden Höhen auch, insgesamt wie eine undurchdringliche Mauer. Auf mehreren hundert Metern nirgends eine Stelle, an der eine Öffnung gewesen wäre, nicht einmal eine Spalte, durch die man wer weiß wohin gelangt wäre. Eine Ahnung stieg auf in mir, welche Kräfte da vor vielen Millionen Jahren am Werk gewesen sein mussten, der Gedanke wieder, dass es in der Geschichte dieser Landschaften die allermeiste Zeit den Menschen nicht gegeben hat.

Eine Wand faszinierte mich besonders: Violett, mit kobaltblauen Einsprengseln schien sie – leicht nach außen gewölbt – unter dem Gewicht von auf ihr lastenden anderen Felsmassen erdrückt zu werden. Auf der glatten Oberfläche war von oben bis unten eine Art von Schrift zu sehen. Aus der Entfernung konnten es indische Buchstaben sein, dann wieder hebräische, welche teilweise von einer dünnen kobaltblauen oder türkisfarbenen Schicht förmlich konserviert zu sein schienen. Die Oberfläche des in den Himmel ragenden anschließenden Felskolosses, der in einem Stück hoch in den Himmel ragte, schien bemalt zu sein, Malereien, welche da und dort weggeschabt worden waren. An seinem Fuß wuchsen vertrocknete Gräser und Wacholderbüschel. Als ich weiterging, den Blick auf die Felswände, sah ich, dass die Formationen immer seltsamer wurden. Es waren jetzt schmale, in den Himmel ragende Monumente, jedes in anderer Farbe und Struktur. Einige zapfenförmige waren wohl vor Urzeiten zwischen zwei Felswände geraten, aus dem Untergrund hoch gedrückt und beinah verschmolzen mit diesen riesigen Wällen. Von einigen waren dünne Schichten abgeblättert, darunter zeigten sich faszinierende malerische Formen. Manchmal glich der Untergrund einer Schicht wie dem Schnitt durch einen Edelstein; auf anderen Wänden sah ich blasenförmige Motive. An einer Stelle schmiegte sich ein Felsenstück, dessen Umrisse einem Kind ähnelten, in eine senkrechte Kluft. Am Ende der Formation dann ein vorwiegend glatter Felsen, an den sich ein riesiger Wacholderbaum drückte, beinah mit ihm verwachsen; rund um seinen Stamm lagen verwitterte, eingerollte Äste. Und auf einem schmalen Vorsprung lagen an die Wand gepresst steinerne Würfel, wie von Menschenhand dort deponiert. Aus der schmalen Kluft eines gespaltenen Felsens wuchs ein Strauch mit stacheligen Ästen und winzigen türkisfarbenen Blättern.

Als ich schon umkehren wollte, bemerkte ich näher tretend auf einmal doch einen Spalt in der Felsenformation, welcher den Blick in eine Art Wüstenfeldebene freigab, auf der jedoch rötliche Grasbüschel wuchsen. Am Horizont sah ich wieder *Dolls*, dicke und dünne dübelförmige Sandsteinfiguren, in Abständen rotbraun-weiß gestreift, manche schief aufsteigend oder die Reihe überragend. Ich überlegte, was sie von den bisherigen Puppen unterschied. Sie hatten etwas Neckisches, wie um den Betrachter schmunzeln zu lassen: Auf den Gipfeln der Puppenköpfe gewissermaßen waren schräg noch Zapfen aufgesetzt, nach links zeigend oder nach rechts, in einem vielleicht musikalischen Rhythmus. Zwei haushohe, tonnenförmige, aneinandergepresste nach vorne geneigte Felsen sahen aus wie die Eltern der verspielten Puppen, aber insgesamt auch wie Spielzeuge eines versteinerten Volks von Riesen.

Auf dem Rückweg zum Zeltplatz sah ich in einer Lücke der aneinandergedrängten riesigen Felswände eine menschenähnliche Skulptur, entstanden wahrscheinlich nach und nach, unzählige Jahre, bevor menschliche Urbilder sich entwickelt hatten. Ich stieg durch den Spalt zwischen den beiden Felsen und hoffte, in einem Halbkreis gehend den Rastplatz ebenfalls zu erreichen und so noch einmal in den oberen Teil des Canyons von Spanish Bottom hinunterschauen zu können. Die letzte Felswand, die sich mir in den Weg stellte und die ich umgehen musste, hatte eine verwaschene, wie abgescheuerte Oberfläche, auf der da und dort Zeichen eingraviert waren, die mich an Blindenschrift erinnerten. Jetzt lag eine Art Feld vor mir, in der Ferne in einem Halbkreis begrenzt durch Gruppen von

Dolls, die Formation sah aus wie eine Reihe von ultramodernen Wohnanlagen. Mittendrin wieder da und dort emporragende Felszapfen, die menschlichen Figuren ähnelten. Üppige grüne und gelbe Gräser waren im Frühjahr auf dieser Wiese gewachsen und nun schon lange ausgetrocknet. Mittendurch ein sich windender Pfad, der sich zwischen Gruppen von Dollhouse-Figuren in die Ferne verlor und mich lockte. Ich dachte, dieses Feld vor mir ist ja eine vor Jahrmillionen aufgegebene Bildhauerwerkstatt, als hätte jemand geübt, bevor er den Menschen schuf, ehe er seine endgültige äußere Gestalt formte. Der Pfad am Ende der asphaltierten Straße in Needles fiel mir ein. Wieder ein heftiges Verlangen, mich auf den Weg zu machen, alles Nötige in den Rucksack zu packen und loszumarschieren, egal, wohin der Weg mich führen würde.

Die Sonne stand im Zenit, ich musste den Klappstuhl wieder ein paar Meter zurückstellen, jetzt ganz an die hohe Felswand heran. Ich holte mir noch einmal ein paar eingeschweißte Tacos mit Salami aus der Kühlbox und legte sie auf einem Teller eine Weile in die Sonne. Später schlüpfte ich in mein Zelt, aber es war vor Hitze nicht zum Aushalten. Als ich zum Klappstuhl ging, sah ich auf halber Höhe der Wand in dem orangefarbenen Bereich hoch oben auf einem Vorsprung eine Krähe sitzen, die zu mir herunteräugte. Noch drei, vielleicht sogar vier Stunden, bis Everett zurückkommen würde. Ich geriet ins Dösen. Völlige Stille. Everett würde sich wahrscheinlich nach seiner Wiederkehr zurückziehen und ausruhen wollen. Dann, so dachte ich, könnte ich in das verwunschene Tal im Norden spazieren. Womöglich war dieser Weg ja sogar Teil des Confluence Trails. Auf alle Fälle würde ich die Kamera mitnehmen und ein paar Aufnahmen machen. Aber es war ja kein Tal, es war natürlich eine Hochebene. Ein heftiges Glücksgefühl plötzlich: Ich bin im Labyrinth, im Zentrum des Canyonlands-Nationalparks, ich, völlig allein in der Wildnis. Wie viele Kilometer in jeder Richtung entfernt von menschlichen Ansiedlungen? Die nächsten Menschen befanden sich wahrscheinlich auf Wanderwegen jenseits des Colorado, nicht weiter als ungefähr zehn Kilometer Luftlinie entfernt, oder Wanderer am Confluence Overlook auf der Needles-Seite des Colorado. In diesem Teil der *Maze*, hatte Everett gesagt, habe man keine Überreste von prähistorischen Wohnbauten gefunden. Plötzlich erschreckte mich der Gedanke, Everett könne womöglich nicht zurückkehren, er sei auf einem der *Slick Rocks* gestürzt, gehunfähig. Oder er habe einen Schwächeanfall erlitten, sei für Stunden unfähig zurückzuwandern. Und ich, als Arzt, könnte überhaupt nichts tun. In der Dunkelheit dann müsste Everett sich einen Schlafplatz suchen. Was, wenn er nicht zurückkam? Ich wäre außerstande, den Chevrolet in die zivilisierte Welt zu steuern. Auch eine Rückkehr zu Fuß schien unmöglich, weil ich nicht genügend Wasser und Nahrungsmittel würde schleppen können; die meisten würden ungekühlt vermutlich rasch verderben. Wie viele Tage lang würde ich gehen müssen? Everett hatte gesagt, die Fahrt im Auto dauere normalerweise drei Tage. Es würde mir nichts übrigbleiben, als mich zum Spanish Bottom durchzuschlagen, zu versuchen den Colorado zu durchschwimmen und dann im Needles-Bereich mit viel Glück auf Wanderer zu stoßen. Dann fiel mir die Rancher-Station Hans Flat ein, ich holte die Landkarte aus dem Rucksack. Wie viele Kilometer waren es bis zur Rancher-Station? Ich maß mit einem feinen Wacholderzweig, rechnete die Meilen um und brachte es auf eine Luftlinie von zirka dreißig Kilometern. Aber halt, hatte Everett nicht gesagt, man müsse, um zum Flint Trail zu gelangen, erst zurückfahren bis hinter den Teapot Rock? Das kam also nicht in Frage. Oder gäbe es einen kürzeren Fußweg? Ein indianischer Wüstenbewohner hätte dies allenfalls geschafft. Wenn nicht in den nächsten drei oder vier Tagen ein Jeep mit *Maze*-Reisenden auftauchte, wäre ich verloren. Hatte Anderson in Moab nicht gesagt, dies sei die erste *Maze*-Fahrt seiner Firma in diesem Jahr? Ich könnte versuchen, das Radio-Telefon im Wagen in Gang zu bringen, aber ich war immer schon unfähig gewesen, mit technischen Dingen zurechtzukommen.

Everett wird bestimmt zurückkehren, sagte ich mir, und schaute voraus auf die Sandpiste, auf der wir am Vorabend hergekommen waren; beide werden wir von den Strapazen des Tages erschöpft sein. Dort vorne, wo der Pfad sich windet, wird er irgendwann zu erblicken sein ... Jetzt ein klimatisiertes Hotelzimmer, ein Bier, eine Dusche, dachte ich plötzlich. Die Sonne stand im Westen, um Schatten zu haben, musste ich den Stuhl in eine Einbuchtung der Felswand stellen. Es hatte mich sehr gefreut, als Everett während unseres Halts am eigentlichen Beginn des Canyonlands-Nationalparks mich aufgefordert hatte, ich möge ihn Everett nennen. Wie denn mein Vorname sei. Michael? Er werde mich Mike nennen, wenn ich einverstanden sei. Endlich war die Atmosphäre zwischen uns entspannter geworden. Einmal, während der Fahrt, hatte ich mich an die primitiven Indianersiedlungen auf der Strecke von Monument Valley nach Moab erinnert. Diese hüttenartigen Gebäude besäßen alle keine Klimaanlage, hatte Hanne gesagt. Umgeben waren die meisten dieser Behausungen von rostigen Autowracks und allem möglichen Gerümpel. Je näher wir der Stadt Moab gekommen waren, desto breiter und grüner war das Tal geworden, und die Weiden und Farmhäuser und Anlagen an der Straße sahen einladend aus. Selbstverständlich, hatte Hanne gesagt, seien sie alle im Besitz der weißen Amerikaner.

Everetts *personal things*, sein Wasserkanister, aus dem er seine Flasche nachfüllte, das Rückenkissen im Chevy … Wie er mich nach dem Mittagessen zurechtgewiesen hatte, als ich meine Wasserflasche aus seinem gelben Kunststoffkanister nachfüllte. Dort auf dem Rücksitz sei meiner.

Wieder spazierte ich zwischen den rotbraunen Monumenten und Skulpturen bis hin zum Geländeabbruch in den tiefen Canyon hinab. Unglaublich, wie dieser *Standing Rock* sich da am Rand des steil abfallenden Geländes hatte halten können! Dann wieder der Blick über den Abgrund des Canyons hinweg auf die andere Seite, wo auf einer grünbraun gescheckten Anhöhe Figuren erkennbar waren, eine Gruppe von rotbraunen *Dolls*, regelmäßig tailliert von Einschnitten auf gleicher Höhe, als wäre es eine Gruppe, im oberen Bereich gleichmäßig weiß gestreift. Es war schwer vorstellbar, dass sie so lange am Rand des Kraters standgehalten hatten, bedachte man die Umstürze, Hebungen und Senkungen, Beben und Stürme hier.

Als ich in die Nähe der Abbruchkante kam, schweifte mein Blick auf jenen beinah senkrecht abfallenden Hang auf der gegenüberliegenden Seite des Canyons, von unzähligen Sedimentschichten strukturiert. Wiederum wurde mir die Einzigartigkeit dieses Ausblicks bewusst: Der Colorado floss beinah vor meiner Nase tief unten vorbei, floss nach einem Knick und einigen Windungen in Richtung Südwesten. Alle diese Gesteinsschichten bezeugten die Grabungsarbeit des Flusses in vielen Millionen Jahren. Die senkrechte Geröllhalde vor mir, der obere Rand, das war der canyonartige Einbruch hinunter zum Spanish Bottom, und die höhere, zackige Kante gegenüber bezeichnete den Absturz zum Colorado; sie war also bereits Teil des Needles-Gebietes. Ich bemerkte jetzt, dass auf der beinah senkrecht abfallenden Spanish Bottom Halde zwei Skulpturen vor mir förmlich wie Bäume aus dem Geröll herauswuchsen. Ich musste an Fichten denken, die in unseren Gebirgen an Steilhängen an der Baumgrenze wuchsen und doch wegen ihres kräftigen Wurzelwerks alle Stürme überstanden. Über die Felsbrocken entlang dem Abbruch stieg ich weiter, auf der Suche nach einer Stelle, wo die Sicht hinunter auf den Fluss womöglich frei war. Am Rand des Canyons jedoch schauderte es mich, ich traute mich nicht weiter vor. Deutlich erkennbar war dann jedoch der Knick, den der Fluss machte, als habe er vor Jahrmillionen bei der Entstehung dieser Landschaft erst einmal in den Einschnitt von Spanish Bottom hineinfließen wollen. Ich überlegte, in westlicher Richtung am Rand des Abbruchs entlangzugehen, bis ich an das Ende des Spanish Bottom Canyons gelangen würde – dann aber verschob ich es, wollte zurück zum Campplatz; womöglich war Everett früher als gedacht zurückgekommen.

Am liebsten hätte ich mich für eine Weile ins Zelt gelegt, aber es stand immer noch in der Sonne. Ich kroch hinein und holte – zu spät! – Sonnencreme, Rasiercreme und

Aftershave aus dem Rucksack, um die Sachen in den Schatten zu legen, nahm die Karte von Canyonlands mit und das Buch über den verschollenen Canyon-Poeten. Am Abend vor der Reise hatte ich darin geblättert. Zeichnungen, Holzschnitte von Everett Ruess, vergilbte Fotos: er mit seinen Mulis und dem Hund, der wie ein schmutziges, einmal weiß gewesenes Knäuel aussah …

Die hohe Felswand stand völlig im Schatten, aber am Fuß der Wand lag der sandige Boden im Licht. Als ich hinaufschaute, sah ich wieder die Krähe; der Vogel äugte offenbar zu mir herunter, mal mit dem einen Auge, mal mit dem anderen. Ich suchte – den Klappstuhl in der Hand – eine schattige Stelle. Noch ungefähr eine Stunde. Wieder überfiel mich die Vorstellung, Everett werde nicht zurückkehren.

Die stehende Hitze. Sogar im Schatten musste es um die vierzig Grad Celsius haben. Die Stunden im Monument Valley damals vor vier Jahren fielen mir ein. Dort war die Landschaft – ebenfalls voller aufregender, wenn auch weit verstreuter Felsmonumente – leichter zu begreifen. Wenn man von einer Anhöhe über die Felsen hinwegsah, hatte man das ursprüngliche Niveau des Colorado-Plateaus vor Augen und konnte sich mühelos vorstellen, wie Erosion, Witterung seit hundert Millionen von Jahren es aufgelöst und halbwegs planiert hatten, bis der heutige Zustand erreicht worden war, welcher – im Zeitmaß der Felsen – nicht lange anhalten würde. Wieder der Gedanke, ich hätte heute hinaufwandern können ins *Land Of Standing Rocks*, zum Chimney Rock, zu den merkwürdigen Monumenten in dem schroffen Tal … Aber auch für diese

Wanderung hätte ich ja einige Liter Wasser tragen müssen. Fünf Uhr! Ich erschrak. Everett war immer noch nicht zurück. Ich entschloss mich, ihm entgegenzugehen. Mein Wasserkanister war leer, ich musste auf den Wagen klettern und einen weiteren Fünf-Liter-Behälter vom Dach holen.

Mit der Wasserflasche spazierte ich noch einmal die Sandpiste hinauf, auf der wir gekommen waren; an der Abzweigung zum Confluence bog ich ab. Ein sandiger Weg, gesäumt von hellbraunen Dollhouse-Skulpturen. Der tiefe Sand wurde immer flacher, immer heller und dann auf einmal abgelöst von leicht gewellten beigefarbenen Felsplatten. Ein Pfad war nicht zu erkennen, auch keine Fußstapfen. Es sah so aus, als näherte der Weg sich nach einigen hundert Metern wieder dem Colorado. Und tatsächlich sah ich bald am Horizont die Sandsteinformation, welche rechterhand durch die Gruppe von menschenähnlichen Figuren abgeschlossen wurde, so perfekt modelliert, dass sie – wenn ich die Augen etwas zusammenkniff – wie Menschen aussahen. Für einen Moment kam es mir vor, als bewegten sie sich, näherten sich mir. Ich schien wirklich in eine Art von Paradies versetzt, womöglich als der erste und einzige Mensch auf dieser Welt. Aber war es der richtige Weg? Es wäre zu dumm, wenn Everett inzwischen aus einer anderen Richtung zurückkäme und mich vermisste.

Ich drehte mich samt dem Stuhl herum und hatte den gewaltigen, auch beschützenden Felsen vor mir, der jetzt völlig in der Sonne stand. Als ich den Blick nach links schweifen ließ, nach einem Ausschnitt mit blauem Himmel, ragte auch dort ein Felsen auf ... Ich erschrak sehr: In zehn Meter Höhe etwa stand ein Mann auf einer vorstehenden Kante, an die Wand gedrückt, und blickte zu mir her. Etwas wie eine unregelmäßige Treppe führte dort hinauf. Da der ganze Felsen im Schatten lag, konnte ich lange nichts Genaues erkennen. Aber es musste eine Steinfigur sein, denn so große Menschen gab es ja nicht. Ich beruhigte mich und schaute den Weg entlang, auf dem Everett nun bald erscheinen musste. Einmal drehte ich mich noch um, da schien die Figur ihre Haltung geändert, sich enger an den Felsen gedrückt zu haben. Waren das Schritte dort vorne? Das Geräusch wiederholte sich nicht. Als ich auf die Uhr blickte, ein mulmiges Gefühl: Everett war schon seit mehr als anderthalb Stunden überfällig. Wieder stand ich auf und ging die Zufahrt hinauf. Ich stellte mir vor, Everett sei zu nahe am Abgrund gestanden, auf ungesichertem Untergrund, sei ausgerutscht, hunderte Meter im freien Fall, in den Fluss gestürzt ... Hier waren Fußspuren zu sehen von seinen riesigen Sportschuhen, ich verfolgte sie bis zu den flachen Felsplatten, wo sie sich verloren. Gerade überlegte ich, in welche Richtung er von hier aus gegangen sein mochte – da sah ich ihn, einen seiner Stöcke schwenkend. Er sah müde aus, als wir einander näher kamen, sein Gesicht schien noch dunkler geworden. Nein, sagte er, als ich ihn erreichte, er schaffe es schon bis zum Campground, aber er habe lange Pausen einlegen müssen, sich beim Aufstieg wohl einen leichten Muskelriss zugezogen. Ohne die Stöcke wäre er übel dran gewesen. Ob ich Wildlachs möge? Als er nach Spanish Bottom fragte, erzählte ich ihm von der Schlange, und dass es weit und breit keine geraden Äste gebe. Er meinte, seit von Mai bis September Besucher hierherkämen, hätten sich die

Schlangen verzogen. Und berichtete von einem kalifornischen Anwalt, der beim Hinunterklettern in den Harvest Scene Canyon in eine Felsspalte gegriffen habe, um sich abzusichern, und dabei von einer Klapperschlange gebissen worden sei. Bill Anderson habe mit dem Funksprechgerät einen Rettungshubschrauber angefordert, aber der Mann sei kollabiert und gestorben, bevor der Arzt eintraf. Wir hatten die Kreuzung zum Camp erreicht. Everett schnaufte heftig und fragte mich nach der Uhrzeit. Ich berichtete ihm, wie nahe ich dem Colorado Canyon gekommen sei. Er meinte, der Eindruck täusche manchmal, eine halbe Meile werde es schon gewesen sein. Aber die Aussicht sei tatsächlich grandios; man sehe, wie diese Landschaft entstanden sei.

Es war dunkel geworden, das Vorbereiten der beiden Essensportionen hatte eine Weile gedauert; Everett stellte zum Essen eine Gaslampe auf den Tisch. Er hatte sich nach seiner Ankunft sofort in sein Zelt zurückgezogen, er müsse sich hinlegen. Er stocherte jetzt beim Essen in dem Lachsgericht herum und fragte, ob ich ihm eine Flasche Bier aus der Kühlbox bringen könne. Mir kam vor, das rot-weiß-rot karierte Kunststofftischtuch ähnele jenem in meinem Studentenquartier in Innsbruck. Das Abwaschen war mühsam. Rund um die kümmerliche Dusche aus der Blechdose befand sich keine ebene Stelle für die Lampe. Als ich dann todmüde war, erschien Everett wieder. Wir setzten uns auf die Klappstühle beim Esstisch, auf den er zwei weitere Bierflaschen gestellt hatte. Er sagte, er habe unterschätzt, wie anstrengend diese Confluence-Tour ist, er sei halt älter geworden. Vielleicht auch, meinte er grinsend, habe das Terrain sich verändert, seien die

Slick Rocks durch eine Verschiebung, durch ein Beben noch steiler geworden. Die Natur ändere sich seit Anbeginn, Tag für Tag, unmerklich für uns Menschen. Er habe nachgedacht: Seine letzte Wanderung zum Confluence liege neun Jahre zurück. Und vor vierzehn Jahren sei er zum ersten Mal in *The Maze* gewesen.

Er erzählte, in Houston sei er mit einem Kollegen befreundet gewesen, Chick, einem älteren Mitbruder aus Boulder bei Escalante, wo sich das große Navajo-Reservat befindet. Chick sei dann Hubschrauberpilot geworden und vor ihm nach Utah zurückgekehrt und habe von Moab aus verunglückte Touristen aus den Nationalparks herausgeflogen. Und zuletzt hätte er selber herausgebracht werden müssen, aber er, Everett, habe nie einen Hubschrauber geflogen ... Chick hatte mich zu dem Flug eingeladen, sagte Everett, er landete die Maschine oben auf der ebenen Fläche vor dem Confluence. Chick hatte dort einmal ein Pärchen gerettet, das nicht mehr vor und nicht mehr zurückkonnte. Aber das war lange her, und Chick war inzwischen schwergewichtig geworden. Als wir von dem Plateau – der Endstation für Besucher – zu der Gipfelanhöhe hinaufkletterten, die immer schmäler wurde, es ist beinah so, als würdest du auf dem Kamm der Elaterite-Butte spazieren –, hätte ich gewarnt sein sollen. Aber der Blick hinunter zum Colorado und zur Vereinigung mit dem Green war atemberaubend im wahrsten Sinn des Wortes. Wahrscheinlich war Chick damals überhaupt der erste Mensch gewesen, der sich das traute. Linkerhand fällt die geröllige Steilwand ab zum Green River und rechts zum Colorado. Uns fehlten noch etwa zwanzig Meter bis zu dem ellipsenförmigen, winzigen Gipfelplateau, von wo man senkrecht zum Colorado hinuntersieht.

Es ist ihm schwindlig geworden, er wirkte auch sehr erschöpft, und auf mich gestützt kehrte er um. Es war kaum Platz, zu zweit zu gehen, wir vermieden es, hinunterzublicken, und stapften vorsichtig Schritt für Schritt zurück, bemühten uns, das Gleichgewicht zu halten. Kaum hatten wir das kleine Plateau erreicht, zehn Meter vor dem Hubschrauber, sackte er zusammen ... Dort hab ich heute hin wollen, sagte Everett, bis zu dem Plateau, von dem aus man jedoch nicht viel vom Colorado und dem Green sehen kann. Seither gibt es dort ein Warnschild. Will man etwas vom Green River und von der Vereinigung der beiden Flüsse sehen, muss man auf dem Plateau ein Stück nach Westen wandern, und in die andere Richtung, wenn man den Colorado sehen will. Wie gesagt, ich bin nie mit einem Hubschrauber geflogen, aber ich konnte wenigstens den Funk betätigen. Sie mussten rasch einen zweiten Piloten finden, um auch Chicks Gerät zurückzubringen, das hat gedauert. Ich erzähle dir das, um dir zu sagen, dass ich heute lieber allein war, allein an diesem Platz ... Nein, setzte er hinzu, ich bin eigentlich zu alt für solche Sachen. Er reichte mir das schwere Fernglas und sagte, er wolle jetzt seinen angeknacksten Knöchel behandeln – er habe eine spezielle Salbe dabei; meine Hilfe lehnte er ab. Ich verlor mich wieder im Sternenhimmel und wurde dabei immer müder.

Wir wissen nicht, meinte er später, wie es hier in diesem Gebiet vor tausend, vor fünftausend Jahren ausgesehen hat. Da es so viele Zeugnisse – Petroglyphen vor allem – von den Ureinwohnern, den prähistorischen Bewohnern gibt, ist anzunehmen, dass die Lebensbedingungen für die Menschen in *The Maze* früher unvergleichlich besser waren, als sie es heute sind, wo Rinderherden nur noch in den Randgebieten von Canyonlands und nur im Sommer auf Weideflächen getrieben werden. Noch vor hundert Jahren, vor achtzig gab es Siedler, Farmerfamilien, welche in den fruchtbaren Gebieten Koppeln und Wagenburgen errichteten zwischen Green River und dem Colorado. Die Wintermonate haben sie in dem Städtchen Green River verbracht; schon damals machten die Winter das Überleben in der Wildnis beinah unmöglich. Dann fing die Ausbeutung der Gegend an. Mit den unglaublich primitiven Automobilen jener Zeit, die jedoch robuste Motoren und Getriebe und eine hohe Bodenfreiheit gehabt haben, drangen Gruppen von Männern bis in *The Maze* vor. Bei *Big Spring* habe ich einmal in einer zerfallenen Holzhütte sieben Spitzhacken gefunden, verrostete Konservendosen, zerfetzte Kleidungsstücke; es sah so aus, als wären die Männer vor etwas geflüchtet.

In dem langgezogenen hinteren Fenster des Chevy spiegelte sich eine Felsformation im schon verdunkelten Himmel, während das Fahrerfenster schwarz glänzte. Endlich traute ich mich, ihn zu fragen, welchem Stamm seine Familie angehört habe. Sein Stamm seien die Navajos. Die Navajos hätten alle *Four Corner*-Gebiete bewohnt, also New Mexico, Arizona, Utah und Colorado. Vor vielen hundert Jahren seien seine Vorfahren aus dem Mesa Verde-Gebiet nach Utah gezogen. So habe es sein Großvater erzählt. Im Unterschied zu heute, sagte Everett, sei damals alles Wissen von Generation zu Generation weitergegeben worden. Heute hätten Maschinen und Geräte dies übernommen, und so gingen Erinnerungen und damit Erfahrungen und Weisheit verloren. Die Maschinen hätten die schreckliche Eigenschaft, alles beschleunigen zu wollen. Ob auf den Highways, ob bei der Arbeit – der rasende Taumel unserer steuerlosen Welt: Alles könne nicht schnell genug gehen. Er wolle sich kaum noch einen Film im Fernsehen anschauen, weil ihn das Tempo nerve. Also kaufe er sich Filme aus den 50er, 60er und 70er Jahren. Er habe nie verstanden, wofür die Geschwindigkeit gut sein solle. Naja, setzte er hinzu, manchmal rettet sie ein Leben, wenn man rasch ins Krankenhaus gebracht wird.

Ob ich auch ein Stück Schokolade wolle? Es beruhigte mich, wie flink Everett sich jetzt aus dem Klappstuhl erhob, dessen Sitzfläche für ihn viel zu klein schien – aber er hatte ja seine *personal* Sitzunterlage –, anscheinend hatte er sich von der anstrengenden Tour erholt. Immer wieder war jetzt das Gebrüll eines Tiers zu hören. Nach seiner Rückkehr heute hatte ich mir einen herzleidenden Everett vorgestellt, der am nächsten Tag womöglich nicht imstande sein würde, die Reise fortzusetzen. Wieder bedauerte ich es, meine Medizinbox im Hotel zurückgelassen zu haben. Er sagte, ich habe wenige Weiße kennengelernt, die begriffen haben, wie ernst die Lage ist … Du hast gestern, während unseres Halts beim Teapot Rock – wenn ich mich richtig erinnere – gesagt, die Luft hier sei trotz der Hitze wunderbar wie in euren Bergen. Die Luft in euren Bergen kenne ich nicht, ich bezweifle jedoch, dass sie rein ist. Und selbst hier im Canyonlands-Nationalpark ist die Luft nicht rein. Sie ist selbstverständlich unvergleichlich besser als die Luft in den Städten, aber sie ist nicht rein. Wir sind umgeben von mehreren Bundesstaaten, die Winde tragen die von Kraftwerken, vom Verkehr und der Industrie verunreinigte Luft auch in diese abgelegene Gegend. Vor fünf oder sechs Jahren konnte ich auf meinem Weg zum Confluence gar nicht weit von hier – wenn ich auf einen Felsen stieg – noch hinaufschauen zur Hochebene im Westen und den oberen Teil des Chimney Rock sehen. Heute Vormittag – ebenfalls bei klarem Himmel – hab ich ihn nicht wahrnehmen können. Meine Augen – sagte er und blickte mich an – sind gut, der Augenarzt hat mir im letzten Jahr bei einer Kontrolle gesagt, ich hätte das Sehvermögen eines Dreißigjährigen. Das Grundübel dieses riesigen Landes, welches uns, den Ureinwohnern, geraubt worden ist, ist die Missachtung von Flora und Fauna, immer mehr gilt das auch für mein Volk.

Ich war eingenickt und erwachte, als Everett, der sich für eine Weile entfernt hatte, mich fragte, ob ich mir bei Tageslicht die Felswand hier, unseren Schutzwall angesehen hätte. Sie bestehe aus zwei riesigen Teilen: links aus rötlichem Sandstein, rechts wie angeklebt oder angepresst eine andersgeartete Gesteinsschicht. Ob ich die Malereien an der Oberfläche bemerkt, mir Gedanken darüber gemacht hätte? Er wisse nicht, ob es sich bei dem Felsbild in der Mitte der Wand um ein Werk von Menschen handle oder eines der Natur, hervorgerufen durch Druck und Witterungseinflüsse, Verschiebungen, Vermischungen von Sedimentschichten, von Sonne und Wasser … Die Zeichnungen rechts davon seien wahrscheinlich natürliche Gebilde. Von dem linken Bild habe ein Professor aus Salt Lake City vor vielen Jahren gesagt, es erinnere stark an Bildnisse auf antiken Vasen: zwei Recken, einander umarmend oder miteinander ringend. Den Einwand eines anderen Reisenden, das Bildnis sei viel zu hoch im Fels, habe der Professor abgetan: Er solle einmal überlegen, wie weit oben in höhlenartigen Felsenspalten die Ureinwohner gehaust hätten. Damals habe es hier Pappeln gegeben, also Bäume mit hohen Stämmen, daraus hätten sie Leitern anfertigen können. Ich sagte, am Vormittag sei ich in zehn Meter Entfernung lange vor der Wand gestanden, und mir habe geschienen, die beiden Figuren könnten Liebende sein, die sich umarmten.

Als er mir eine gute Nacht wünschte, fragte ich, wie unsere Reise am nächsten Tag verlaufen werde. Er meinte, das hänge vom Wetter ab. Er werde in der Früh Anderson anrufen und auch den Rancher auf der Station. Auf dem Rückweg heute habe er das Gefühl gehabt, das Wetter werde sich ändern. Am besten wäre, gleich morgen den Flint Trail hinaufzufahren bis zur Rancher-Station. Dann würden wir weitersehen. Wenn der Flint Trail nicht befahrbar sei, müssten wir wieder den ganzen langen Weg zurückfahren, dann auf den Highway vierundzwanzig, beinah bis Green River, und die zweite mögliche Zufahrt zur Rancher-Station nehmen. Das würde uns beinah einen ganzen Tag kosten; diese Strecke sei langweilig, stundenlang immer bloß durch eine Steppenlandschaft. Er werde mir morgen früh alles auf der Karte zeigen. Ich meinte enttäuscht, dann würden wir aber doch die Wanderung im *Land Of Standing Rocks* nicht unternehmen können? Es hänge, wie gesagt, vom Wetter ab, aber er müsse sich ohnehin morgen Vormittag bei Anderson melden. Wir würden ja dann jedenfalls in zwei oder drei Tagen in das Gebiet *Island In The Sky* fahren. Und dort, vom Grand Overlook und noch mehr vom Green River Overlook, hätten wir einen wunderbaren Blick auf die *Standing Rocks*. Er stellte die Teller wieder ab und fragte, ob wir am Morgen wieder zeitig losfahren könnten, es werde ein langer Tag werden. Als ich einmal meinen Kopf wendete, auf ein Geräusch lauschend, einen Tierruf, und wieder auf Everett blickte, schien mir, ein Fremder sitze mir gegenüber; dann begriff ich, er hatte seinen Nackenzopf gelöst, die langen tiefschwarzen Haare verdeckten teilweise sein Gesicht. Ein Puma? fragte ich ihn. Nein, die lägen nachts in ihren Höhlen. Vielleicht ein Coyote. Bighorn-Schafe seien angeblich unlängst nördlich von hier gesichtet worden, aber er könne sich das nicht vorstellen, außer es gebe größere Wasserstellen, von denen er nichts wisse, oder die Tiere hausten in unzugänglichen Gebieten in der Nähe des Green River.

Nachts, als ich in die Wanderschuhe schlüpfte, um pinkeln zu gehen, schlängelte vor dem Zelt etwas vor meinen Füßen vorbei; ich suchte im Rucksack die Taschenlampe und leuchtete, bevor ich mich hinauswand, die Umgebung ab. Ich hatte wieder gefroren und versucht, noch tiefer in den Schlafsack zu kriechen.

Noch vor dem Frühstück zerlegten wir die Zelte, packten unsere Sachen; ich reichte ihm mein verschnürtes Zelt und den Schlafsack aufs Wagendach hinauf. Er übergab mir einen Wasserkanister. Wir tranken Kaffee und aßen einige Haferkekse (»Cookies«) seiner Frau. Der Motor sprang erst nach mehreren Versuchen an. Langsam fuhr Everett den sandigen Weg entlang, auf dem wir gekommen waren, der Himmel teilweise von Wolken bedeckt. Noch einmal blickte ich auf die oft so komisch aussehenden Steinmonumente. Als wir den Steilhang mit den Felstrümmern erreichten, fragte er, ob ich lieber aussteigen wolle. Ich ging voraus und beobachtete, wie er Zentimeter für Zentimeter mit den linken Rädern auf einer glatten Felsplatte so schräg vorwärtsrückte, dass ich fürchtete, der Wagen werde kippen.

Auf der Hochebene dann hielten wir wieder beim Chimney Rock, blickten noch einmal ins Tal der unzähligen Canyons, der rätselhaften Monumente. Er zeigte mir auf der Karte die Strecke bis zum Beginn des Flint Trails. Zurück Richtung Teapot Rocks, dann hinauf ins Orange Cliff-Gebiet bis auf das Plateau des Tafelbergs. Der Blick von dort oben auf das Tal der *Standing Rocks* in der Ferne werde mir gefallen. Wenn wir dann problemlos den Flint Trail hinaufgelangten, sei der Rest der Fahrt für heute ein Kinderspiel. Wir fuhren vorbei am *Standing Rock*, dem wohl mehr als zehn Meter hohen stabförmigen, aus lauter dünneren und dickeren Schichten bestehenden, sich nach oben etwas verschlankenden Felsenpfahl, den ich Stele genannt hatte. Es war mir wiederum völlig unerklärlich, wie und warum er allein auf weiter Flur Millionen von Jahren sich hatte halten können. Wir fuhren um den langgezogenen Lizard Rock herum. Das Vorbeifahren an den aufregenden Monumenten in großer Entfernung stimmte mich traurig; dieses Mal waren sie teilweise verdeckt von den hohen Wacholderbäumen. Der Gedanke, dass ich sie womöglich nicht mehr in Ruhe anschauen, ein paar Stunden in ihrer Nähe würde verbringen können, schmerzte.

Während der ersten Pinkelpause sah ich vor mir auf dem schlierigen roten Sandboden ein merkwürdiges Gebilde, den Überrest eines Wacholderbaumes, besser ein hautartiges Stück davon, eingerollt, zerfasert, und doch schien er mit der Erde verbunden, der Wind zerrte vergebens an ihm. Ich fühlte mich müde, geriet ins Dösen. Rechterhand am Horizont mehrere Tafelberge, mit ihrem schrägen Abschluss jeweils beinah bis zu der Piste heranragend. Ich erinnerte mich, sie auf unserer Fahrt vor zwei Tagen, wenn ich mich manchmal während einer Pause umgedreht hatte, so gesehen zu haben. Auch an die Stehenden Felsen *Mother and Child* am Rand einer auslaufenden Anhöhe aus lauter Geröll erinnerte ich mich.

Golden Stairs, rief Everett, und ich erwachte, fragte ihn, wie lange ich eingenickt gewesen war. Er sagte, der Flint Trail sei jetzt bloß noch ein paar Meilen Luftlinie entfernt, und trotzdem würden wir noch Stunden brauchen, um ihn zu erreichen. Und dann auf einmal nach einer Linkskurve in weiter Ferne die Umrisse der Teapot Rocks. Die Gegend wurde linkerhand in Richtung Colorado immer grüner. Neben dem Wacholder schien sich hier eine Föhrenart wohlzufühlen und auszubreiten.

Nach ungefähr anderthalb Stunden näherten wir uns dem Teapot-Massiv. Wieder kamen wir zu der gefährlichen Engstelle mit den übereinandergeschichteten glatten Felsplatten. Auch dieses Mal stieg Everett aus, sah sich um, bückte sich, prüfte wie ein Fährtenleser den Untergrund. Beim Teapot Rock hielt er wieder an. Das Massiv bestand, wie mir erst jetzt auffiel, aus unzähligen dünnen Gesteinsschichten, wobei einige ein wenig hervorragten. Everett hielt an einer Stelle an, von der aus man beide Bergkegel am besten betrachten konnte. Erst einmal ging er ein paar Schritte vor und zog einen ausgetrockneten Föhrenstamm aus der Fahrbahn. Aus dem steinigen Untergrund wuchsen da und dort kugelrunde dunkelgelbe Pflanzen, die aus der Ferne wie Bälle aussahen. Der obere Teil des Massivs wirkte wieder wie ein zusammengestauchter Kegel mit einem Knopf als Abschluss; darunter der Bauch des Teekessels, schroffe, senkrecht abfallende Felsen, bedeckt mit verwittertem, zerbröseltem Sandstein. Ab der halben Höhe war nach und nach Gestein abgebröckelt. Jetzt, sagte Everett, als wir wieder in den Wagen stiegen, kommen wir bald zur Kreuzung: auf dem südlichen Weg sind wir heraufgefahren, der andere kommt von den *Big Ridge*-Bergen und mündet in den Flint Trail. Auf dem Rastplatz dort oben werden wir eine Mittagspause einlegen.

Nachdem wir in einem *Wash*, einem ausgetrockneten Flusslauf, stehen geblieben und ausgestiegen waren, deutete Everett auf die hohen Tafelberge: Dort oben am Dach der Welt könne man sehr schnell fahren; wenn ich hinaufschaute, konnte ich mir schwer vorstellen, wie wir mit dem Auto da emporgelangen sollten.

Seltsam war es dann, nach einer weiteren Stunde Fahrt in vielen Windungen den Berg hinauf, bei einem Halt den Teapot Rock weit unter uns in einigen Kilometern Entfernung von der Rückseite zu sehen. Everett machte mich auf den Einschnitt des Colorado Canyons aufmerksam. Ein Weg, eine Piste war von hier oben in der gerölligen Ebene unten, aus der wir doch vor zwei Tagen gekommen waren, nicht erkennbar. Beim nächsten Halt, hoch oben bereits, ein aufregender Ausblick: Wir waren – immer noch unterwegs zum Flint Trail – dem *Land Of Standing Rocks* wieder näher gerückt. In zehn oder mehr Kilometern Entfernung sah ich die Elaterite und Ekker Butte, beide schräg von der Rückseite. Links davon die Ausläufer der zerklüfteten Tafelberge, die ich vom Chimney Rock aus gesehen hatte. Der Himmel darüber wolkig. Auf der rechten Seite, unterhalb der Tafelberge beinahe im Dunst, der Lizard Rock. Und winzig, kaum wahrnehmbar, einige der Monumente, die mich so beeindruckt hatten. Die sich heraufziehende buckelige Landschaft war grün gefleckt von Wacholdersträuchern. Beim nächsten Aussichtspunkt schien das *Land Of Standing Rocks* unter uns noch einmal ein Stück näher gerückt. Dort, zeigte Everett: der *Mother and Child Rock*. Und darüber die Golden Stairs. Tatsächlich, es sah so aus, als könnte man auf Stufen den Tafelberg mit seiner grüngescheckten Oberfläche hinaufklettern. Nachdem wir auf der kurvigen Strecke eine Weile bergab gefahren waren, ging es wieder bergauf. So, meinte Everett, jetzt werden wir den Steilhang erklimmen, die Bodenverhältnisse sind gut. Das also war der berühmte Flint Trail: in engen, steilen Windungen eine sandige Piste hinauf. Unser Chevy war für diese engen Kurven zu lang, zweimal musste Everett in eine Ausweiche zurückstoßen, um dann die Kurve hinauffahren zu können. Nach ungefähr einer halben Stunde waren wir oben auf dem *Dach der Welt*, wie Everett sagte. Von dem felsigen Plateau aus war die Sicht gegen Osten jetzt wieder frei: *The Land Of Standing Rocks* immer noch klar zu sehen, sogar Golden Stairs mit dem *Mother and Child Rock*. Auf einem hölzernen Schild vor uns stand *Flint Trail Overlook*. Die Umgebung dicht bewachsen mit Föhren. Auf einer meistens schnurgerade nach Norden führenden ebenen Sandstrecke fuhren wir von da an, wie mir vorkam, in einem hohen Tempo.

Die Ranger-Station war ganz aus hellem Holz gezimmert, eine Treppe führte hinauf zum Eingang. *Open – please come in* stand auf einem Schild. Der uniformierte Ranger streckte mir die Hand entgegen; Everett redete im unverständlichen Dialekt. Ich blätterte in den aufliegenden Prospekten. Zurück beim Wagen sah ich dann am Wegrand ein Schild: *The Spur Camp 12,2 Miles, Horseshoe Canyon 20.7 Miles*. Willst du auch einen Taco aus der Box? fragte Everett. Die brauchen eine Weile, bis sie essbar sind. Inzwischen war es Nachmittag geworden, die Wolken hatten sich vermehrt. Zwölf Meilen zum *Spur Camp*, sagte Everett, jetzt haben wir keine Eile mehr. Auf dieser Fahrt war dann die sandige Oberfläche der Piste so tief, dass Everett vorsichtig fahren musste, manchmal schwankte der Wagen wie ein Boot auf hoher See hin und her. Nach einer halben Stunde hielten wir an. Everett stellte den Motor ab. Auf einem Hinweisschild stand: *Millard Canyon Overlook*. Er reichte mir den Taco, der sich immer noch kalt anfühlte, streckte einen Arm aus und zeigte zum Horizont im Nordosten: Dieser mehrere Kilometer lange Tafelberg da drüben in der Ferne heißt *Island In The Sky*; und der kleinere Fortsatz, nach der Lücke im Massiv, das ist die Junction Butte. Hinter dieser vereinigen sich der Green und der Colorado, und rechts davon breitet sich, so weit der Blick reicht, die *Maze* aus. Die kleine muschelförmige Erhebung dort drüben heißt *Cleopatras Chair*. Und das unter uns ist immer noch der Millard Canyon, ausgetrocknet wie die meisten seit Millionen von Jahren. In gut einer halben Stunde werden wir unser Camp erreichen. Dort drüben siehst du da und dort Windungen, Schleifen des Green River, das Gebiet heißt Anderson Bottom, davor die Butte Of The Cross; die

Kreuzform ist nur vom Flugzeug oder Hubschrauber aus wahrnehmbar. Hinter dem langgezogenen Tafelberg, dort drüben, erklärte Everett, siehst du den Gipfel der Ekker Butte hervorragen. Zwanzig Minuten später bogen wir rechts auf eine schmale Sandpiste ab. Die Sonne näherte sich dem Horizont. Eine seltsame Sandsteinformation kam ins Blickfeld: zwei aufragende rötliche Felsentürme, einige Meter voneinander entfernt; sie neigten sich einander zu, schienen sich mit den Gipfeln gegenseitig zu stützen, die untere Hälfte ein *Window*, ein ovaler Durchblick.

Der Campplatz war sandig, da und dort unterbrochen von herausragenden Felsplatten und Überresten grotesk verformter, geduckter Wacholderbäume. Nachdem wir das Nötige für den Abend und die Nacht vom Gepäckträger heruntergeholt hatten, ging ich vor bis zum Rand des Millard Canyon. Wir befänden uns immer noch im Bereich der Orange Cliffs, hatte Everett erklärt, und tatsächlich war der Untergrund orangefarben. Cleopatras Chair war weit entfernt auf der Anhöhe gegenüber von einer anderen Seite zu sehen, der Gipfel der Ekker Butte ragte von hier aus etwas weiter herauf. Genau vor mir, rechts von Cleopatras Chair, jenseits des zerklüfteten Tafelberges also, lag das Zentrum des *Maze*-Distrikts.

Während Everett ein Hühnchen briet, wurde es dunkel. Nach dem Essen saßen wir eine Stunde im Freien, bis es völlig finster war. Davor war ich noch einmal zum Rand der Hochebene gegangen. Unheimlich der Blick zu den nur schemenhaft wahrnehmbaren Bergrücken, über denen die Tafelberge von *Island In The Sky* bis herüber zum Cleopatra Chair noch im orangefarbenen Licht leuchteten. Den Candlestick Tower, den ich im Westen am Rande der Dunkelheit erblickte, sah ich jetzt deutlicher als im Tageslicht, auch die turmartige gezackte Erhöhung, die zur Butte Of The Cross gehörte. Zwischen diesem und dem Candlestick Tower leuchtete in der Dämmerung manchmal eine Windung des Green River auf. Und dann wurde es immer finsterer, bloß einige Wolkenzüge am Firmament waren noch ein wenig beleuchtet. Unheimlich war der Blick hinunter in den Abgrund des Millard Canyon.

Auf dem Rückweg zum Camp stolperte ich über den verwitterten Rest eines Wacholderstamms: wie eine Riesenameise mit langem Schwanz, spitz zulaufender Schnabel wie der eines Raubvogels; am Kopf links und rechts dünne verschnörkelte Äste, die wie Hörner verspielt in alle Richtungen wiesen. Der schuppige Rücken wie der eines Krokodils. In der Ferne, auf dem langgezogenen Tafelberg, war immer noch schemenhaft Cleopatras Chair zu sehen; ich konnte mir vorstellen, wie weit wir heute Nachmittag in einem weiten Bogen um ihn herumgefahren waren.

Die Gaslampe auf dem Klapptisch flackerte unruhig. Everett notierte nach dem Essen etwas in ein Heft. Ich holte mir einen Pullover. Wir lagern hier immerhin sechstausend Fuß hoch, sagte Everett (ich rechnete um, tausendneunhundert Meter), und er bot mir einen Schluck Whisky an, ging zum Wagen und kam mit einer kleinen Flasche und zwei blechernen Teetassen zurück. Nachdem ich in den Pullover geschlüpft war, fror mich immer noch. Es tue ihm leid, dass wir die Reiseroute hätten ändern müssen, sagte Everett. Der befürchtete Regen sei nicht eingetroffen. Er sei eigentlich schon zu alt für solche Expeditionen.

Anderson senior habe noch mit achtzig Jahren in einem uralten Ford Leute ins *Maze*-Gebiet gebracht. Wenn höhere Bodenfreiheit nötig gewesen sei, hätten sie einfach mitgeführte dicke Holzbretter untergelegt. Alle Mitreisenden hätten überall mit anpacken müssen. Drei Tage mindestens habe eine Fahrt in *The Maze* gedauert, Anderson habe immer wieder Quellen mit Trinkwasser gefunden.

Er fühle sich jetzt wieder besser und habe auf der Fahrt hierher überlegt, ob wir dem Horseshoe Canyon einen Besuch abstatten sollten. Sicher hätte ich über die Felsmalereien gehört oder gelesen. Es seien neben jenen von Harvest Scene tatsächlich die großartigsten in ganz Utah. Von *The Spur* aus würden wir ungefähr drei Stunden bis zum Beginn des Abstiegs in den Canyon brauchen. Günstig sei, dass wir derzeit anscheinend die einzigen Besucher hier in der Gegend seien, wir könnten uns Zeit lassen. Ich sagte ihm, dass ich die faszinierenden Monumente im *Land Of Standing Rocks* gerne noch einmal gesehen hätte; vorgestellt hätte ich mir, bis hin zu dem größten und beeindruckendsten *Standing Rock* zu wandern und mich dann dort für ein paar Stunden hinzusetzen. Daraufhin schwieg er lange. In der Rancher-Station hätte ich mir unter anderem auch eine Broschüre über den Horseshoe Canyon gekauft, sagte ich. Er riet mir, falls wir uns am nächsten Tag beim Frühstück dafür entschieden, vorher keine Abbildungen von Felsmalereien anzuschauen. Ich bat ihn, am nächsten Morgen mit mir zum Canyonrand zu gehen und mir die Namen der Tafelberge zu nennen. Ich hätte mir vorgenommen, in Moab ein Buch über die Geologie des Colorado-Plateaus zu kaufen; leider seien meine Englischkenntnisse zum Lesen dieses wissenschaftlichen Werkes nicht ausreichend. Das Wasser, erwiderte er, habe diese Landschaft geformt, unterirdische Hebungen und Senkungen, auch Erdbeben. Die verschiedenen geologischen Schichtungen könne man am besten während einer Bootstour auf dem Colorado beobachten. Bis dreihundert Millionen Jahre reichten die untersten horizontalen Sedimentschichten zurück. Wenn man sie vom Ufer aufwärts zähle, komme man wohl je nach Standort auf zwanzig und mehr Schichten. Die ersten Siedler im Gebiet des Nationalparks seien seit viertausend Jahren nachweisbar. Bis zum dreizehnten Jahrhundert unserer Zeitrechnung hätten die Anazasi sich im südlichen Parkteil aufgehalten, meistens im Überschwemmungsgebiet des Green und Colorado River. Sie hätten in Felsnischen und Höhlen gehaust, Bohnen, Mais und Kürbisse angebaut, Truthühner gezüchtet. Ute und Navajos hätten hier bis zum Ende des achtzehnten Jahrhunderts gelebt, vorwiegend im Needles-Bereich. Später seien sie von den ins Land strömenden europäischstämmigen Viehzüchtern und den Mormonen verdrängt und vertrieben worden, auch von in die Wildnis geflüchteten Kriminellen. Vor hundert Jahren habe das Canyonlands-Gebiet Banditen, zum Beispiel den berüchtigten Butch Cassidy und Sundance Kid mit ihren Anhängern, als Unterschlupf gedient. Ich hätte neulich Edward Abbey erwähnt. Seinen Roman *The Monkey Wrench Gang* hätte ich wohl kaum gelesen; wer weiß, ob er überhaupt ins Deutsche übertragen worden sei … (Ich übersetzte mir den Titel mit »Schraubenschlüssel-Bande«). Abbey habe sich seinerzeit, vor mehr als vierzig Jahren, als die Regierung den Colorado um der Stromerzeugung willen zum Lake Powell aufstauen ließ, mit seinen Getreuen, militanten Umweltschützern, sehr engagiert. Dieser Stausee hätte auch zur Bewässerung von landwirtschaftlichen Flächen dienen sollen. Das habe die gesamte Landschaft verändert. Wegen der intensiven Wasserentnahme sei der in den Golf von Mexico mündende Colorado mittlerweile meistens ausgetrocknet. Ein weiterer riesiger Staudamm befinde sich ja in Las Vegas, einer Stadt, die ohne Klimaanlagen gar nicht existieren könnte. Die Techniker, sagte er, haben nicht bedacht, dass die Wassermenge des Colorado von den Regenfällen abhängt; seit dem Jahr 2000 hat der Lake Powell zwanzig Prozent seiner Wassermenge verloren …

Er persönlich sei kein Anhänger von Abbey; ihm sei der Glaube, dass man gegen die Unwissenheit der Menschen durch Gewalt etwas erreichen könnte, abhanden gekommen; die bei weitem überwiegende Mehrheit der Menschen habe offensichtlich gar kein Verständnis und kein Interesse daran, wie die Lebensbedingungen der Menschen in fünfzig oder hundert Jahren sein werden. Heute, sagte er, kommen aus ganz Amerika, ja aus der ganzen Welt Touristenscharen, die am überfluteten Lake Powell mit ihren gemieteten Motorbooten vergnügt herumfahren und die aus dem Wasser ragenden Berggipfel bewundern. Ich kann aber Abbey meinen Respekt nicht verweigern. In seinem Roman flüchten die Umweltschützer in einem Jeep nach Canyonlands, bis in die *Maze* hinein, verfolgt von den Milizen der Industrie. Das ist eine ungemein spannende Geschichte. Abbey war ein großer Kenner von *The Maze* und hat auch immer wieder darüber geschrieben.

Am Morgen fühlte ich mich steif und energielos. Das Sonnenlicht erleuchtete die oberste Schicht der Tafelberge, das riesige Becken der Canyons vor uns war deutlich zu sehen. Gern wäre ich jetzt noch einmal bis zur Abbruchkante des

Millard Canyon spaziert, aber Everett rief zum Frühstück. Er ging dann, nachdem wir unsere Zelte zerlegt und verstaut hatten, mit mir, zeigte mir den sich vor uns dahinschlängelnden Canyon des Green River, den ich am Vorabend nur da und dort erkannt hatte; auch dieses Gebiet war durchzogen von tiefen Schluchten. Everett zeigte mir das langgestreckte Massiv, die Hochebene von *Island In The Sky*, der wir näher gekommen waren. Alle sichtbaren Steinsäulen sind Überreste von einstigen Hochebenen, sogar die stiftartigen Gebilde im Needles-Bereich. Wo das Massiv abbricht, befindet sich der Grand Overlook, von dort sieht man am besten in das *Maze*-Gebiet hinein. Das machen wir vielleicht übermorgen. Hinter dem langgestreckten Massiv von *Island In The Sky* fließt der Colorado in Richtung Süden. Auch der *Candlestick-Tower* dort vor uns ist vor langer Zeit ein Teil des Tafelbergs gewesen; das Weiße an seinem Fuß ist eine Salzschicht. Ursprünglich hat er wohl tatsächlich die Form eines hohen Turms gehabt, dann ist er nach und nach zerbröselt, und an seinem Fuß hat sich rundherum eine Geröllhalde angesammelt. Er ist nun schon sehr lange ein zerfallender Turm. Oder ein Kerzenhalter …

Als wir zum Wagen zurückgingen, sagte Everett, er habe am Vortag überlegt, mich im Morgengrauen hinunterzufahren bis zum Lizard Rock und mich im *Land Of Standing Rocks* allein zurückzulassen. Er wäre dann zum Horseshoe Canyon gefahren und wohl erst spät in der Nacht zum Chimney Rock zurückgekehrt. Auf einmal habe er befürchtet, diese Felsbilder womöglich nie mehr in seinem Leben anschauen zu können. Aber er habe derzeit nicht die Kondition zu solch einer Gewalttour. Und wohl wäre ihm dabei, was mich betreffe, nicht gewesen. Wärst du einverstanden, fragte er, dass wir zum Horseshoe Canyon fahren? Hätten wir vorher gewusst, dass du der einzige Passagier auf dieser Reise sein wirst, wäre sicherlich meine Frau gerne mitgekommen. Der Abstieg in den Canyon ist sehr anstrengend. Nachdem ich dich ein wenig kennengelernt habe, könnte ich mir vorstellen, dass dir die Felsmalereien etwas bedeuten. Wenn du also einverstanden bist, könnten wir jetzt anschließend dorthin fahren. Zuerst müssen wir die Rancher-Station umrunden und in einem weiten Bogen zu dem Canyon fahren. Eine andere Variante, auf dieser Seite des Canyons, wäre viel näher: Es geht auf einer steilen, schmalen Felsenpiste in vielen Windungen immer ganz knapp am Rand der hohen Felswände hinunter, auf der linken Seite jedes Mal der Abgrund. Die Fahrt ist für jeden Fahrer eine Herausforderung und verlangt allerhöchste Konzentration; dazu fühle ich mich nicht mehr imstande. Er fragte, ob er die Toilette abbauen könne. Mir fiel ein, dass die Amerikaner das Wort *loo* oder *toilet* kaum verwenden, man benutzt einen *rest room*. Während er die Verschnürung am Dachträger befestigte, fragte Everett, ob ich den Film *Koyaanisqatsi* gesehen hätte. Ein Landsmann von ihm habe ihn gemacht. Ich schüttelte den Kopf. Der Film beginne mit überaus beeindruckenden Sequenzen von Luftaufnahmen einiger Nationalparks im Südwesten der USA und ende mit einer kurzen Sequenz über den Horseshoe Canyon. Er handle davon, dass die Welt, mittlerweile nicht nur die westliche Welt, völlig aus den Fugen geraten sei. Dieser Film verurteile niemanden, zeige bloß diese verrückt gewordene Menschenwelt. Jeder könne sich einen Reim darauf machen. Die Wohnorte nicht nur in Amerika seien oft weit von den Arbeitsstätten entfernt – zur Freude der Auto- und der Öl-Industrie. Natürlich habe der Film nichts bewirkt, ein Zurück sei nicht möglich, im Gegenteil, die rasende Beschleunigung dieser Welt habe sich inzwischen weiter verstärkt. Unlängst habe er wegen seiner Pension nach Dallas fliegen müssen. Da habe er, während er warten musste, vom 31. Stockwerk auf die Straße hinuntergeschaut, und ihm sei vorgekommen, die Realität habe bereits das Tempo erreicht, welches der Regisseur des Films vor vielen Jahren im schnellen Vorlauf gezeigt habe. Aber das sei wohl kaum möglich, die festgelegte Höchstgeschwindigkeit sei ja nicht erhöht worden.

Auf der Piste nach Süden sah ich frische Fahrspuren. Nach einer Stunde, vorbei an der Rancher-Station, zweigten sie rechts ab, wir folgten ihnen. Nach und nach steigerte er das Tempo, der Wagen pendelte von einer Seite auf die andere. Wir näherten uns einer grüngesprenkelten, langgezogenen Butte und umfuhren sie. Steppenlandschaft, der Sand schien orangefarben. Während einer Pinkelpause suchte ich am Wegrand nach Steinen. Everett kümmerte sich nicht mehr darum. Ich fand einige orangefarbene und steckte sie rasch ein.

Auf einer Ausweiche hielt Everett den Wagen an. Ich hatte gedöst, die eintönige Fahrt hatte mich eingelullt. Es war Mittag geworden. Er stapfte ein wenig schwerfällig in die Steppe hinein, wandte sich ab. Ein kleiner Parkplatz. Offensichtlich begann ab hier die Zufahrt zum Canyon. Ich ging zu einem rostigen Eisenschild auf zwei hohen Metallstäben. ROAD MAY BE IMPASSABLE DUE TO STORMS. Nach einigen weiteren Kilometern ein großes

Schild: CANYONLANDS NP – HORSESHOE CANYON. Darunter eine Reihe von kleinen Symbolbildern. Alle bis auf eines (Hiking mit Stöcken) waren durchgekreuzt: Feuer, Zelten, Motorradfahren, Schießen, Jagen. Everett fuhr den Wagen auf einen breiten Parkplatz. Nachdem er ausgestiegen war, deutete er zu dem Einschnitt im Gebirgsmassiv. Das Gestein an der Oberfläche sah härter aus und heller als die gewohnten Sandsteinrücken. Everett reichte mir vier Wasserflaschen, die er abgefüllt hatte, und streifte seinen Rucksack über. Kein schattiges Fleckchen hier; der Wagen, dachte ich, wird sich, bis wir wiederkehren, so erhitzen, dass man die Türgriffe nicht anfassen kann. Aber wir würden ja sicherlich erst am Abend zurückkommen. Sechs oder sieben Jahre sei er nicht mehr hier gewesen, sagte Everett. Ich entfernte alles Unnötige aus meinem Rucksack und verstaute die Wasserflaschen bis auf eine. Ein sandiger, schmaler Weg abwärts begann, manchmal steil und rutschig. Nach ungefähr einer Stunde erkletterte Everett einen rötlichbraunen Felshügel, drehte sich zu mir, deutete in die Tiefe. Ich stellte mich neben ihn und sah den sandigen Weg in eine Schlucht hinab. Darüber flache gewellte Felsengipfel und darüber der etwas bewölkte Himmel. Plötzlich steigerte Everett das Tempo, scheinbar leichtgelenkig schritt er vor mir dahin, sprang manchmal über *Slick Rocks,* die aus dem Sand ragten. Nach einer weiteren Stunde erkletterte er wieder einen Felsen, lud mich mit einer Handbewegung ein, ihm zu folgen. Deutlicher war jetzt der tiefe Canyon-Einschnitt zu sehen, zu dem ein Pfad hinunterführte, nur durch den etwas helleren Untergrund erkennbar. Die Schlucht hatte von hier aus die Form eines auf der Spitze stehenden Dreiecks, dahinein verlor sich der Weg. Die Hälfte der Strecke haben wir, sagte Everett. Beim nächsten Halt öffnete sich dem Blick eine Art Theaterkulisse, die grünen Büschel und Wipfel erwiesen sich später als Kronen von Bäumen und Sträuchern. Es ging also noch tiefer hinunter. Das Steigen wurde immer mühsamer, entlang der nicht endenden Felswand führte kein Weg; das endlose Stapfen im Sand ermüdete.

Am Grund angekommen wanderten wir ohne Pause weiter und standen nach einer halben Stunde etwa zehn Meter entfernt von einer schrägen langgestreckten und in vielfältigen Schichten gebrochenen Felswand, deren Ende nicht abzusehen war. Everett setzte sich auf einen Felsblock, wischte sich mit seinem riesigen Taschentuch das Gesicht und den Nacken. Auf einmal bemerkte ich rechterhand weit vor mir die ersten Felsmalereien. Unter ihnen öffnete sich an einer Stelle ein quadratischer Felsspalt. In der abblätternden Wand eine schwarze Höhle, Unterschlupf vielleicht für Tiere.

Er müsse ein wenig rasten, sagte Everett und stellte seinen Rucksack am Rand des steinigen Weges ab. Wir trinken zu wenig, rief er mir zu. Wir ließen uns auf einer Felsplatte nieder. Es ist zu befürchten, sagte er, dass die Petroglyphen, die tausende von Jahren überstanden haben, nicht mehr lange sichtbar bleiben werden. Die Aufforderung, sie nicht zu berühren, nütze leider nichts. Die Besucher betatschen die Bilder, als ginge damit etwas Heilendes auf sie über. Durch menschlichen Schweiß verblassen sie jedoch und werden schließlich unsichtbar. Vor Jahren schon hat man überlegt, den Canyon für die Touristen zu sperren, nur Wissenschaftler zuzulassen. Wie ich sähe, führe das Bachbett hinter uns Wasser. Es müsse vor ein paar Tagen heftig geregnet haben. An den Bäumen hier im

Canyon und auch auf den Felsen könne ein Fachmann ablesen, dass sich das Rinnsal bei heftigen Gewittern manchmal zu einem bis zwei Meter hohen reißenden Gewässer entwickle. Dies hier sei die erste der Galerien, die *High Gallery*. Von der letzten, der berühmten *Great Gallery*, seien wir noch weit entfernt.

Meine Uhr hatte ich im Wagen gelassen, Everett trug ohnehin nie eine – es musste dem Sonnenstand nach schon mitten am Nachmittag sein. Ich genoss den Schatten unter den Bäumen und die Stille. Hoch oben über dem Canyon kreiste ein krächzender Rabe. Vor uns in etwa zehn Metern Entfernung, am Fuß der hohen Felswand ein kegelförmiger Schutthaufen, der mir wieder in Erinnerung rief, dass hier seit Millionen von Jahren alles immer in Bewegung ist. Die Böden vor mir waren mit großen und kleinen Felsblöcken und Platten bedeckt, kleinem Gestein und Gesteinsbröseln. Hinaufschauend sah ich, dass sich rechterhand über die Felswand herab dunkle Schlieren zogen, als hätte jemand von oben mehrere Kübel mit schwarzem Lack verschüttet. Die dunklen Zeichen daneben, der mehrfaserige Bogen, wie eine Malerei: War es ein Petroglyph, eine mineralische Färbung, hervorgerufen durch Verschiebungen, Schürfungen, Wasserfälle? Everett schlief sitzend, so wie bei uns früher die Fiaker und Bierkutscher geschlafen haben. Wie haben die Ureinwohner diese Malereien so hoch oben in den Wänden anbringen können? Da es hier Bäume gab, werden sie Leitern gemacht haben, stellte ich mir vor, wie jene vorzeitlichen Bewohner, die hoch droben in Familienverbänden in eingebuchteten Felswänden, in Cliffs, in hohen Spalten, in Höhlen gehaust hatten. Die Geschichte der Menschheit beginnt ja in Höhlen, fiel mir ein. Die Galerie verlief in einem unregelmäßigen breiten

Streifen, oben begrenzt und abgeschlossen von einer andersfarbigen eingeschobenen dünnen Lage und am Fuß von einer breiten dunklen Sedimentschicht. An einer Stelle war ein Stück der bemalten Wand, eine zentimeterdicke Schicht, abgeblättert. Ohne die vielen schattenspendenden Bäume hier, hatte Everett gesagt, Cottonwood-Bäume, wäre die Wanderung in dem Canyon für viele zu mühsam, wenn nicht sogar gefährlich. Das Bächlein sei ein Glücksfall. Ob der Canyon je als Wohnstätte gedient habe, wisse man nicht. Man habe Spuren von Dinosauriern gefunden, aber keine menschlichen Knochen oder Topfscherben. Ich entledigte mich meiner Schuhe und badete die Füße in einer Lache, in der sich die Tamariskensträucher spiegelten. Dann überfiel auch mich die Müdigkeit. Vorher hatte ich einige Male überlegt, wie es wäre, allein hinaufzuklettern auf das die Felswände begleitende Stein- und Schuttpodest, von wo aus ich den Malereien sehr nahe gekommen wäre. Aber ich blieb jetzt lieber im Schatten der Bäume und Sträucher und wartete, bis Everett wieder aufstehen würde. *The Maze*, das ganze riesige Gebiet ist kein Menschenwerk; vielleicht haben Ureinwohner und Anazazis beim Ausbau der Höhlen und der Cliff-Wohnstätten einiges verändert. Aber die Felsmalereien sind Menschenwerk und bis heute erhalten geblieben. Kaum zu glauben, dass Regenstürme, Schnee, Winde, herabrinnende Wasser nicht vermocht hatten, die Bilder in Nichts aufzulösen.

Dann war es jedoch Everett, der *mich* weckte. Wollen wir weiter? fragte er, ich nehme an, auch du willst die *Great Gallery* sehen, deswegen sind wir ja hergefahren. Da haben wir noch ein anstrengendes Stück zu marschieren, drei bis vier Meilen. Früher sei er mit guttrainierten Wanderern am anderen Ende des Canyons abgestiegen, den *Deadman's Trail* hinunter, aber er fühle sich derzeit nicht fähig, diesen extrem gefährlichen Hang hinunterzuklettern. Er fragte, ob ich noch ohne Essen auskäme, Haferkekse habe er in seinem Rucksack. Die Felswand wurde jetzt im mittleren Teil von der Sonne beschienen. Bevor wir losmarschierten, benetzten wir uns mit Wasser aus der klaren Lache. Everett blieb während dieser Wanderung auf dem tiefsandigen Untergrund stumm. Auf halbem Weg machte er mich auf die *Alcove Gallery* aufmerksam; die Piktogramme befanden sich in einem Überhang. Wir wollen uns hier nicht aufhalten, rief er. Mir wurde plötzlich bewusst, wie weit wir heute dann noch zurückwandern mussten.

Auf einmal folgte in der Schlucht Krümmung auf Krümmung, und nach einer engen Kurve – der Sandboden war schon seit einer Weile immer wieder von oasenartigen breiten Abschnitten unterbrochen worden, manchmal auch felsigem Untergrund – streckte Everett einen Arm aus und zeigte nach vorn. Wir bewegten uns auf dem sandigen Pfad, gesäumt von üppigen Grasbüscheln und Sträuchern, im rechten Winkel auf eine hohe Felswand zu. Ohne seinen Hinweis hätte ich die mindestens zwanzig Meter entfernten, teilweise von Baumkronen verdeckten Malereien gar nicht wahrgenommen. Er reichte mir eine Plastikdose mit Keksen. Ich käme doch beim Schauen sicherlich allein zurecht, er wolle sich ein wenig ausstrecken, sagte er, und deutete auf eine mit Gras bewachsene Düne. Ich solle trinken, trinken, trinken. Obwohl es mich drängte, auf die einige Meter hohe Felskonsole zu steigen, von der aus man in beiden Richtungen die Malereien aus der Nähe betrachten konnte, erwiderte ich, erst einmal wolle auch ich mich ein wenig im Schatten ausruhen.

Nachdem ich einige der von Everetts Frau gebackenen Haferkekse gegessen hatte, stand ich auf und näherte mich der Felswand, schaute erst einmal von unten auf die in rotbraunem Ton aufgetragenen Figuren, die sich aus der Entfernung nur unmerklich vom ziegelfarbenen Untergrund abgehoben hatten. Die anscheinend hunderte Meter lange Wand war durchzogen von schrägen Bruchlinien. Sie war in den meist nur fünf oder sechs Meter breiten Bereichen glatt, in denen die Ureinwohner ihre Malereien aufgetragen hatten. Oberhalb dieser Schicht war sie meist rissig, und darüber begannen breite und tiefe Spalten und Löcher, aus denen eine unheimliche Schwärze drang. Ich kletterte auf den felsigen, von Schutt bedeckten Rand hinauf und hatte nun die Felsbilder direkt über mir.

Es waren meist hohe Gestalten ohne Arme und Hände, ohne Hälse, als wären sie in Umhänge gewickelt, mal nach rechts geneigt, mal nach links, in verschiedenen Abständen voneinander, manche der Figuren höher angebracht, manche tiefer, bis herab zum Fuß der Felsschicht, welche am Abbröckeln war. Rechts davon waren hoch oben auf einer bauchigen Felsenschicht blaue Streifen zu sehen, als hätte – wie bei der ersten Gallery – ein Maler von hoch oben dunkelblaue Farbe über die Wand ausgegossen. Ich kehrte um und ging auf der linken Seite der Gallery entlang, bis ich vor einer Figur beinah erschrak: Es musste die Abbildung des *Holy Ghost* sein, von der Everett während der Wanderung kurz gesprochen hatte. Die Figur war größer als die anderen, durchsichtig, mit riesigen Augenhöhlen und einem bis zum Nabel skizzierten schmalen Bart. Dicht neben ihm zur Seite zwei ganz schwarz gemalte kleinere Figuren, offensichtlich Frauengestalten. Links davon dunkelrot gemalt eine hohe Figur, mit winzigem schmalem Kopf. Lange stand ich vor diesen Figuren, bis sie mir unheimlich wurden, und ich bedauerte, von den Menschen jener Vorzeit nichts zu wissen, außer dass sie hoch oben in Felsenhöhlen oder überhängenden Alkoven gelebt hatten, die sie mit Hilfe von langen Leitern erreichten. Beim Übersteigen von ein paar Felsentrümmern rutschte ich ab und riss mir das Schienbein auf. Jetzt erst merkte ich, wie müde ich geworden war, ich stieg vorsichtig hinunter in die Ebene und setzte mich zu Everett, der mir die Keksdose reichte.

* * *

Seit einigen Augenblicken beobachtete ich Larry, wie er das Omelett mit Pilzen auf dem kreisförmigen schwarzen Stein zubereitete. Everett hatte mir das Hotel empfohlen, während wir uns vor dem *Apache*-Motel verabschiedet hatten. Die beiden seien in Ordnung. Larry hatte sich am Abend zuvor, als ich nach der Ankunft die ersehnte Dusche genossen und nachher in der Sitzgarnitur im Aufenthaltszimmer den großen auf dem Tisch liegenden Bildband *Utah: Then And Now* durchgeblättert hatte, zu mir gesetzt, mir einiges gezeigt und erklärt. Zuerst war Larry mir zu nahe gerückt, aber dann fühlte ich mich wohl dabei. Es waren alles Schwarzweißbilder in dem Buch, und ich bedauerte es sehr, keine aus *The Maze* zu finden. Larrys Lebensgefährte Homer war anscheinend für die Getränke zuständig. Der Kaffee jedenfalls schmeckte wie der zu Hause, gar nicht verwässert wie solcher in anderen Hotels oder Frühstückslokalen. Ein so reichhaltiges Frühstück hatte ich schon lange nicht mehr bekommen. Dann riss es mich: eine ganzseitige Fotografie von 1911: eine Herde von Kühen und einige Viehtreiber im Horseshoe Canyon. Ich könne mir nicht vorstellen, sagte ich zu Larry, wie Kühe in den Canyon hinuntergelangen könnten, vor zwei Tagen sei ich dort gewesen. Er antwortete, es gebe im Süden Utahs mindestens zwei Horseshoe Canyons. Aber so viel er wisse, münde der Canyon, welcher zum Canyonlands-Park gehöre, im Nordosten in den Green River; wahrscheinlich gebe es dort einen breiteren Zugang und genügend Weideflächen.

Die Frau fiel mir wieder ein, der wir an der *Barrier* begegneten, nachdem wir am Morgen im Canyon, ohne etwas gegessen zu haben, die lange Wanderung zurück zum Parkplatz endlich geschafft hatten, jeder nur noch mit einer halbvollen Wasserflasche. Die etwa Fünfunddreißigjährige, eine blaue Schirmmütze auf dem Kopf, hatte mir das Gatter aufgehalten. Wir wechselten ein paar Sätze, während sie sich in das Besucherbuch eintrug. Ihren offenen Blick, ihr Lächeln konnte ich nicht vergessen. Wieder einmal war ich überrascht und beglückt, wie freundlich und unkompliziert so viele Menschen im Südwesten waren. Sogar in den Frühstücksbuden an der Main Street von Moab war mir vorgekommen, jeder sei ansprechbar, angenehme Bekanntschaften wären jederzeit möglich gewesen, obwohl ich dies auch nicht überbewerten mag. Bei näherer Bekanntschaft würde sich wohl auch manche als banal erweisen.

Ich bin in *The Maze* gewesen, wenn auch nicht lange, einige Tage, womöglich auch sieben oder acht, die Randgebiete eingerechnet. Gebiete wie *The Maze* zeichneten sich ja dadurch aus, dass es in bestimmten Abschnitten anscheinend keine messbare Zeit gibt, oder besser gesagt, Besucher geraten dort manchmal in einen Zustand, in welchem ihnen jedes Zeitgefühl abhandenkommt. Wenn ich jetzt, elf Wochen nach meiner Rückkehr, an die *Maze* denke, mich zu erinnern suche, gelingt es mir nicht abzuschätzen, wie lange ich mich dort tatsächlich aufgehalten habe. Eine Woche, sagt ein Bereich in meinem Gehirn, ein anderer lehnt es ab, die Stunden und Tage, welche ich dort verbracht habe, zu zählen.

Alles, war mir nach der Expedition in den Sinn gekommen, als ich in Moab auf dem Boulevard mit seinen Läden, Galerien, Restaurants spazieren ging, alles hat sich für mich verändert, so wie bisher kann es wohl nicht mehr weitergehen. Und jetzt? Oft schon in meinem Leben hatte ich eine Änderung herbeiführen wollen und kam doch vom täglichen Trott nicht los. Letztlich gewann immer wieder das, was man die ärztliche Sorgepflicht nennt, die Oberhand, und ich konnte mich auch nicht dafür entscheiden, eine kleine Privatpraxis einzurichten und nur vormittags zu ordinieren – was ich im Lauf der Jahre manchmal überlegt hatte, das hätte mir mehr Zeit zum Lesen und Wandern gelassen. Wie oft in den letzten Jahren hatte ich mich am Nachmittag umgezogen, und nachdem ich eine Viertelstunde gegangen war, gerade erst den Ort hinter mir gelassen hatte, meldete der Pieper sich an meinem Gürtel. Manchmal, wenn ich im Süden Utahs an Österreich, an Gastein dachte, kam mir wieder in den

Sinn, schien mir die Heimat so weit entfernt, als befände sie sich auf einem anderen Planeten, so dass ich beinah daran zweifelte, je wieder heimzukommen.

In der Nacht nach der Rückkehr aus den *Canyonlands* lag ich lange wach. Während es mir vor der Expedition im *Apache*-Motel zu laut war – die ganze Nacht war der Autoverkehr der nahen Straße zu hören gewesen – war es mir jetzt im *Bed & Breakfast* zu still. Die Zimmer, angenehm kühl, befanden sich unter der Erde.

Everett hatte mich an jenem Nachmittag im Horseshoe Canyon wachgerüttelt. Wie erleichtert war ich, dass es ihm anscheinend wieder besser ging. Während er schlief, hatte ich sogar überlegt, wie weit ich ihn im Ernstfall würde schleppen können. (Vom Graukogel hatte ich einmal im Spätherbst, während ein heftiger Wind die ersten Schneeflocken vor sich hertrieb, einen verletzten jungen Mann bis zur Liftstation geschultert, aber das war lange her.)

Als er sich nach zwei Stunden immer noch nicht rührte – aber deutlich sichtbar atmete –, verfiel ich fast in Verzweiflung. Auch packte mich die Müdigkeit. Wie sollten wir imstande sein, den vielstündigen beschwerlichen Rückweg zu wandern und zu klettern? Wie viele Jahre ist es eigentlich her, überlegte ich, dass ich im Needles-Bereich über jenem kleinen ausgetrockneten Canyon gehockt war, und was ist in diesen vier Jahren geschehen? Elisabeth inzwischen gestorben, Hanne hat den Lebensgefährten verlassen und lebt wieder in Kanada … Meine Mutter verstorben und mein Vater würde nicht mehr lange leben. Vielleicht, überlegte ich, wäre es eine gute Prüfung festzustellen, ob ich endlich gelernt habe, mich selber wieder auszuhalten. Dann war ich eingenickt und Everett rüttelte mich. Es war spät geworden, begann zu dämmern. Wir schaffen heute den Rückweg nicht mehr, sagte er, aber hier können wir nicht übernachten, es wird bald sehr kalt werden. Ich weiß eine Höhle, eine halbe Stunde müssen wir noch gehen.

An der Tankstelle in Green River, *back in civilisation,* fragte Everett, wann ich denn nun nach Europa zurückflöge? Ob er die Einladung, ihn doch in La Sal zu besuchen, ernst gemeint hat? Jedenfalls notierte er mir am Ende der Reise auf Andersons Veranda seine Adresse, nachdem er endlich akzeptiert hatte, den vollen Reisepreis anzunehmen. Wenn du wüsstest, rief ich ihm zu, was diese vier Tage für mein Leben bedeuten! Everett bedauerte noch einmal, er fühle sich nicht imstande, mich am nächsten Tag irgendwohin zu fahren. Ich kann mir ja ein Auto mieten, hatte ich geantwortet, vorher werde ich auf den Straßen Moabs üben, mich an die Automatik gewöhnen. Meinen Rückflug hatte ich offengelassen, aber in den nächsten Tagen würde ich mich darum kümmern.

Der Blick in die tief unten liegende Canyon-Landschaft am Ende der Asphaltstraße in *Island In The Sky* brachte mich wieder in Hochstimmung. Sie bildete auf dem schmalen Ausläufer des Tafelbergs eine kreisrunde Schleife zum Umkehren, mit vielen Autoabstellplätzen. Zuerst schaute ich hinunter zum nächsttieferen Sediment-Niveau, welches an vielen Stellen eingebrochen war, als wären ellipsenförmige Löcher ausgefräst worden. Die Vertiefungen, das gesamte Untergeschoss, wie ich es nannte, waren offensichtlich eine Hinterlassenschaft des Meeres, das sich hier vor vielen Millionen Jahren ausgebreitet hatte. Weiter rechts, wo die Felsenoberfläche unversehrt geblieben war, schlängelte sich tief unten auf der Oberfläche eine schmale Piste, manchmal nur knapp an einem weiteren tiefen Abbruch vorbei. Ich sah einige Leute auf einem Pfad in südlicher Richtung entlang der Ausläufer des Massivs weiterwandern und folgte ihnen. Es ging bergauf und bergab, manchmal auf glatten Felsen, ich überholte sie, dachte, ich gehe jetzt, so weit man hier gehen kann. An einer Stelle sah ich das Ende, den Felsenabsturz des rotbraunen Tafelberges, steil hinunter, ein tiefer Hang, der bedeckt war von Geröll und größeren Felsstücken; ich ging auf den Überresten der ursprünglichen Höhe des Colorado-Plateaus. Dort, wo der Ausläufer des Bergs zu Ende war, ragte in einer Entfernung von hundert Metern ein weiterer ausgedehnter Tafelberg in die Höhe, die gekrümmte *Junction* Butte, wie mir klarwurde. Rundherum wiederum die steilen rötlichen Abhänge in Form von Geröllhalden; das obere Drittel bestand aus dem zerklüfteten Gebirgsrest, der an seinem rechten Rand bereits sehr ausgefranst aussah. Ich wanderte weiter und blickte in eine von Canyons durchfurchte tiefer gelegene Ebene hinein und dann drüber hinweg, wo am Horizont in mehreren Schichten langgezogene Tafelberge zu sehen waren. Plötzlich stutzte ich: Rechterhand, tief unten, erblickte ich eine im Gipfelsegment zerklüftete Butte, sie kam mir bekannt vor, es musste eine der beiden sein, welche vom *Land Of Standing Rocks* aus zu sehen gewesen waren. Jetzt bedauerte ich es, ohne Fernglas zu sein. Ich ging noch die paar Schritte weiter bis zur Abbruchkante. In der Ferne, im Dunst grade noch zu erkennen, auf demselben Niveau, eine weitere Butte. Es wurde mir bewusst, dass die beiden weit voneinander entfernten Erhöhungen die Elaterite und die Ekker Butte waren. Unglaublich, ich hatte den hinteren Teil des *Land Of Standing Rocks* vor mir. Als ich den Blick etwas nach links richtete, bemerkte ich, dass von hier aus der Kamm der Junction Butte nahe an seinem rechten Ende eingebrochen war. Es sah wie eine riesige Zahnlücke aus, sie reichte herunter bis zum Anfang der Geröllpyramide, dem unteren Teil der Butte. Auf einmal begriff ich, dass ich durch diese Lücke hinübersehen konnte bis zu den *Standing Rocks*, die mich so sehr beeindruckt hatten. Ich bemerkte sogar ein Stück vom auslaufenden Lizard Rock. Und dann in einigen Kilometern Entfernung auf einem schmalen Hügel die vier Chocolat Drops! Wie enttäuscht war ich gewesen, weil Everett mich am letzten Tag der Reise nicht, wie es vereinbart gewesen war, zum *Maze* Overlook hatte fahren können, von wo ich meine rätselhaften Steinmonumente ein weiteres Mal, aus der Nähe, gesehen hätte. Und nun sah ich sie tatsächlich noch einmal. Irgendwo da drunten, dachte ich, muss sich in einem der tiefen Canyons der Green River durchschlängeln, bis er, gar nicht weit von hier, hinter der Junction Butte, in den Colorado mündet. Andere mochten diese auf den ersten Blick leblose Gegend als öde empfinden, mir erschien sie als ein abenteuerliches Formen-Paradies. Unten, wo die Geröllhalde auslief, waren überall grüne Büschel zu sehen.

Auf der Rückfahrt nach Moab bemerkte ich nach ein paar Kilometern linkerhand ein Schild, welches auf einen *Green River Overlook* hinwies. Ich bog ab. Die Strecke war asphaltiert, die Fahrt bis zum Parkplatz dauerte nicht lange. Nach einer Wanderung von zehn Minuten stand ich wieder vor einem steilen Geländeabbruch und schaute in das weite Canyon Land hinein. Auf dem unteren Niveau eine gewellte Sandsteinfläche, so weit der Blick reichte; der vordere Abschnitt sah aus, als wäre er mit einem ausgedehnten hellbraunen Fell überzogen. In einigen hundert Metern Entfernung jener Canyon, durch welchen der Green River sich in engen Schleifen schlängelte – von hier aus war er sogar da und dort zu sehen. Dann bemerkte ich, dass das über dem Lauf des Green River sich erstreckende Gelände gewaltige Einbrüche hatte, als wäre der Fluss einmal um ein Vielfaches breiter gewesen. Im Hintergrund auch hier wieder Ekker und Elaterite Butte und am Horizont, grade noch auszunehmen, der langgezogene Lizard Rock. Davor, bis zur Junction Butte hinüber, welche jetzt aus einer anderen Perspektive zu sehen war, trennte dieses weitläufige Canyonbecken eine langgezogene, stufenartige Mauer mit Einbrüchen, von einem anscheinend ganz anderen weitläufigen Becken des *Land Of Standing Rocks*. Am Horizont die gewölbten Gipfel der La Sal Mountains. Darüber schoben sich jetzt Wolken heran, die Sicht war nicht mehr so klar wie noch vor einer Stunde. Ich schaute auf die Uhr, halb vier, und ging zurück zum Wagen. Mehrere Büschel einer Pflanze, die mir bisher noch nicht untergekommen war, leuchteten neben dem Pfad so intensiv, als strahlten sie das aufgefangene Sonnenlicht in der gleichen Intensität wider.

Ich hatte am Vormittag Everett angerufen, ob ihm heute oder ein andermal ein Besuch recht wäre, und er sagte, heute wäre es ihm eine willkommene Abwechslung, er habe angefangen, Brennholz zu hacken. Das beruhigte mich, es ging ihm also wieder besser. Ich wollte noch nach einem Hinweis fragen, wie ich zu seinem Haus finden würde, aber er hatte den Hörer bereits aufgelegt.

Nachdem ich eine Dreiviertelstunde gefahren war, den Fuß der Berge erreicht hatte und die Asphaltierung endete, verzweigte sich die Straße wie eine Gabel dreimal, und ich wählte zuerst den mittleren Weg, wo ich, steil hinauf, nur bis zu einer Ranch kam. Der rechte Weg zog sich viel länger hin, durch einen Wald mit unglaublich farbenreichen Bäumen. Das Umkehren, nachdem mir klarwurde, dass ich mich verfahren hatte, war schwierig, da die Bäume sehr eng standen. Die linke Abzweigung war endlich die richtige. Everetts Haus – eine Art Baracke – war das letzte an der schmalen Straße, am Rand eines Waldes, die Axtschläge hatten mich am Ende geleitet. Auf der Schattenseite des Hauses sah ich den Jeep und ein kleines Auto stehen. Ich stellte mir vor, wie beschwerlich hier das Leben in den langen Wintern sein musste. Als ich mich ihm seitlich näherte, drehte er sich her und ließ die Hacke in den Stock sausen. Seine indianische Frau begrüßte mich in der Tür. Ich verstand sie nur schlecht, tat mich schwer mit ihrer Aussprache. Als ich sagte, ihre Bluse habe die Farben der herbstlichen Bäume, lächelte sie, aber mir schien, sie habe mich nicht verstanden. Das tiefschwarze zusammengebundene Haar reichte ihr bis zu den Hüften. Everett lud mich mit einer Geste ins Haus.

Wir saßen in einem holzvertäfelten Raum an einem Tisch, welcher jenen klobigen ähnelte, die früher den Mittelpunkt der Stuben bei uns auf dem Land gebildet hatten. Everett redete mit der Frau in einem indianischen Dialekt und fragte mich, ob ich Getreidekaffee möge oder Kräutertee oder einen Whisky mit Wasser. Er setzte hinzu, Bohnenkaffee hätten sie nicht im Haus, sein Arzt habe ihn ihm verboten. Ein besseres Wasser als hier würde ich nicht bekommen. Ich sagte, den Kaffee probiere ich gern. Ob er Herzbeschwerden habe, fragte ich, und erinnerte mich an manche Momente während der Reise, als ich das vermutete. Ja, Doktor ... Mike, murmelte er, manchmal. Er erklärte mir, das Haus sei noch nicht fertig. Es solle auch einmal die Eltern seiner Frau beherbergen, die in dem Black Mesa Reservat lebten. Er habe in den letzten Jahren all sein Geld in den Kauf des Waldes hier gesteckt, damit niemand ihn roden und das Gelände bebauen könne. Ein Hotel sei schon einmal geplant gewesen, sogar eine sogenannte Seniorenresidenz. Ich fragte, ob die Gegend hier kein Naturschutzgebiet sei. Er antwortete, dieser Wald gehöre leider nicht zum Manti La Sal National Forest. Seine Frau arbeite von neun bis zwölf im Touristenbüro in Moab. Jetzt war mir klar, warum sie mir bekannt vorgekommen war. Wenn ich Lust hätte, fahre er mich nachher auf der Forststraße ein Stück hinauf in die Berge. Da könne ich an einem klaren Tag wie diesem in der Ferne die Tafelberge von *Island In The Sky* sehen, und darüber hinaus die Butten von *The Maze* ... Ich sagte, ja, das würde ich gerne noch einmal sehen.

Heute sei der fünfzehnte Oktober, sagte Everett, demnächst müsse er anfangen, das Haus winterfest zu machen; jeden Tag könne jetzt das warme Wetter umschlagen in ein winterlich kaltes. (Ich rechnete: Wir befanden uns hier auf zirka zweitausend Metern Seehöhe.) Ich muss auch Vorräte anlegen, sagte er, während wir uns setzten. Es gibt im Winter Zeiten, wo wir für Tage, manchmal für ein, zwei Wochen eingeschlossen sind. Er fragte, was für ein Arzt ich eigentlich sei? Ich sagte, ein »Allgemein-Mediziner«, ich sei für vieles zuständig gewesen, und wenn ich nicht helfen konnte, hätte ich die Patienten zu den Fachärzten geschickt. Nicht weit von hier, unten in der Ebene, in Richtung Monticelli, sagte er, gibt es einen Mediziner, der sich auch mit indianischen Heilmethoden befasse. Wieder beteuerte er, wie leid es ihm tue, dass er mich nicht dorthin habe bringen können, wohin ich ursprünglich gewollt hätte, zum *Maze* Overlook. Ich sagte, ich hätte von *Island In The Sky* aus noch einmal in die *Maze* schauen können und sei jetzt mit meiner Reise vollauf zufrieden. Ich hätte in Dollhouse am ersten Tag nicht die Wahrheit gesagt. Nicht mein Knie – das in Wahrheit gar nicht geschmerzt habe –, nicht das Wasserschleppen sei die Ursache gewesen, dass ich ihn nicht zum Confluence begleiten wollte. Ich hätte in diesem für mich paradiesischen Land allein sein, völlig ungestört schauen und Eindrücke sammeln wollen. Everett antwortete, er habe das vermutet, sonst hätte er mich nicht den ganzen Tag alleingelassen. Wir hätten Glück gehabt; die letzten Male, die er Leute nach Dollhouse gefahren habe, seien zwei von den drei Campplätzen belegt gewesen … Und mir, fuhr er fort, hat es gutgetan, am Confluence eine Stunde lang allein mit meinem Freund sein zu können … Ich bin damals am Tag nach seinem Tod noch einmal zu dem Ort gewandert, habe den Hubschrauber eingewiesen, der den Leichnam abgeholt hat. Ich bekomme jetzt endlich eine Pension, muss diese Touren dann nicht mehr machen. Die mit dir habe ich zugesagt, weil es mich gedrängt hat, noch einmal nach Confluence zu kommen. Meine Frau wünschte sich schon lange, den Horseshoe Canyon zu besuchen: Nicht weil sie im Touristenbüro arbeitet, wir hier machen keine Reklame dafür. Vielleicht also fahre ich mit ihr im nächsten Frühjahr noch einmal hin, die kürzere Strecke über Hanksville natürlich …

Er entschuldigte sich für ein paar Minuten. Seine Frau stellte die Getränke auf den Tisch und verschwand wieder.

Ich bin indianisch aufgewachsen, fuhr Everett dann fort, in einem Pueblo nahe dem Navajo Mountain; das war eine mythische Welt ... Mein Großvater hat mich auf die Träume, auf die *Vision* vorbereitet ... Früher haben die meisten Knaben solch einen wegweisenden Traum geträumt, nach der vorausgehenden Fastenzeit in der Einsamkeit der Prärie. Mein Vater hat mich in die Schule nach Kajenta geschickt und später dann zum Studium nach Salt Lake City. Er war davon überzeugt, man könne das indianische Wesen und die intellektuelle Ausbildung der Weißen unter einen Hut bringen. Die Studienzeit war sehr hart, nebenbei habe ich in einer Fabrik für Flugzeugteile gearbeitet. Ich wollte Pilot werden und stellte mir vor, in den Lüften dann immer wieder in die geistige Welt der Väter zurückzukehren. Auf dem College lernte ich ein Mädchen kennen, halb indianische Abstammung, mormonisch, amerikanisch aufgewachsen. Ich war trotzdem verrückt nach ihr, sie bekam ein Kind, und das war der Anfang des ganz anderen Lebens. Ich blieb in Salt Lake City, heiratete, hatte einen gutbezahlten Posten in einem Betrieb, der unter anderem Teile für Sportflugzeuge herstellte. Ich habe das Fliegen erlernt, habe Frachtflugzeuge geflogen. Jahre später bekam ich ein Angebot aus Houston und wurde Testflieger. Meine Frau wollte mit unserem Sohn nachkommen. Aber ich habe nie wieder etwas von ihr gehört. Ein missglücktes Landemanöver während eines Schneesturms und viele Krankenhauswochen waren zu wenig, um diesem Leben als Pilot adieu zu sagen. Erst Jahre später, beim Begräbnis meines Vaters, ich blieb drei Wochen an meinem Heimatort, wurde mir klar, was ich gewonnen und was ich verloren hatte. Das Verlorene überwog bei weitem, so schien mir, ein Zurück war jedoch nicht möglich. Aber ich lernte in der Navajo Mountain Mission, wo ich meine Schwester besuchte, meine Frau kennen. Ihr Mann, ein Weißer, Enkel von Bill Anderson, war ein Alkoholiker und (er dämpfte seine Stimme) er schlug sie … Den Rest können Sie sich vorstellen: Ich begann – wie Edward Abbey – als Park-Ranger; nach einem Jahr in Needles und Arches brachte ich für Anderson, zuerst als Beifahrer, von Moab aus Leute in die abgelegenen Teile des Nationalparks.

Zusammen mit meiner Frau Tsanta habe ich versucht, etwas von der Lebensart, vom Glauben meiner Vorfahren zurückzugewinnen, aber es war nicht möglich, die Tür blieb verschlossen. Es war wie mit dem geheimen Canyon, in den unsere Alten und die Medizinmänner sich manchmal für einige Tage zurückgezogen haben, wenn eine schwierige Entscheidung zu treffen war. Mein Großvater hatte mir gesagt, es sei die schönste Landschaft auf der ganzen Welt. Später einmal wolle er mich dorthin mitnehmen. Aber dann ist der Colorado aufgestaut worden, und mit anderen unwiederbringlich verlorenen Landschaften wurde auch dieser für unser Volk sehr wichtige Landstrich für alle Zeit überschwemmt. Ich sehe noch meinen Großvater in seinem Kiva vor mir, wie er von Lukachai erzählte, wohin er mit mir einmal gehen wolle. Die abgeschlossene Ebene sei umgeben von seltsam geformten Felsen. Mein Großvater hat versucht, mit beiden Händen die Formen dieser Felsen nachzuformen. Dieser Paradiesgarten schimmere im Frühling in einem sanften Grün und sei von Wacholderbüscheln betupft. Der Zugang war versteckt, sagte Everett, er vermute, man habe durch einen unscheinbaren

Felsenspalt schlüpfen müssen ... Ich könne mir sicherlich keine Vorstellung machen von der rednerischen Begabung ihrer alten Häuptlinge, ihrer Gabe, sinnliche Eindrücke in Bilder und Bilderketten zu verflechten. Immer wieder, sagte er, haben weiße Dolmetscher, obwohl sie die Sprache eines Stammes beherrschten, geklagt, diese Reden der Häuptlinge nicht übersetzen zu können. Vielleicht, meinte Everett, hat euer Jesus so gesprochen? Ich besitze ein Buch mit Texten der großen religiösen Führer und Autoren und habe mir manches zu eigen gemacht. Unsere heiligen Vorfahren haben keine Bücher geschrieben; überhaupt war ihnen das Schreiben suspekt, aber sie waren große Redner, und ihre Reden waren so eindrucksvoll, dass keiner in der Gemeinschaft sie vergessen konnte.

Seine Frau erschien in der Türöffnung, blickte zum Tisch her, blieb stumm. War dies ein Zeichen, ich solle mich verabschieden? Die ganze Zeit hatte ich überlegt, Everett zu fragen, ob er sich einmal auf Diabetes habe untersuchen lassen. Einiges in seinem Äußeren schien mir darauf hinzudeuten.

Also gut, sagte Everett, aber jetzt habe ich die ganze Zeit geredet ... Wie lange bleibst du noch in Moab? Wann wirst du nach Europa zurückfliegen?

La vita breve

Der arme Hans: Infarkt während einer Autofahrt nach Kärnten, verstorben auf einem Pannenstreifen bei Gmünd. Pfarrer Hager aus Hofgastein, der ebenfalls in Bischofshofen nach Salzburg umstieg, berichtete es Wessely; sie hatten auf dem Bahnsteig zusammen auf den Zug aus Schwarzach gewartet. Wessely spürte, wie sein Herz zu rasen begann. Der Pfarrer legte ihm eine Hand auf den Oberarm, es tut mir leid, sagte er leise, ich dachte, Sie wüssten es, es war eine Viertelseite im Lokalteil der *Salzburger Nachrichten*. Grüß' Sie, murmelte Wessely, ich fahr' nach Gastein zurück, mir ist die Lust auf die Stadt vergangen.

Er las wieder in den Aufzeichnungen des Everett Ruess. Ruess war – noch keine zwanzig Jahre alt – gegen den Willen seines Vaters immer wieder von Los Angeles zu den Canyon-Landschaften Arizonas, Utahs und Colorados aufgebrochen. Von neunzehnhunderteinunddreißig an durchstreifte er jedes Jahr von Frühjahr bis Herbst mit zwei Eseln abgelegene Gegenden. In der Stadt, schrieb er seinem Bruder einmal, halte er es nicht mehr aus. In seinem letzten Jahr durchwanderte er ein zweites Mal das Monument Valley, den Grand Canyon, südliche Gegenden von Arizona und ritt schließlich wieder nach Utah hinauf bis zu dem Städtchen Escalante. Er hatte vor, sich entlang dem Escalante River zum Colorado im Süden durchzuschlagen, ihn zu überqueren, um zu einer Ansiedlung der Indianer zu gelangen. Ruess hatte sich in den Jahren davor schon mehrmals in Indianer-Ansiedlungen nahe des Navajo Mountain, ihrem heiligen Berg, aufgehalten, hatte ihre Sprache erlernt. So entstand nach seinem Verschwinden auch das Gerücht, er sei bei den Indianern geblieben, habe mit seinem bisherigen Leben gebrochen. Gar nicht weit vom Colorado entfernt verloren sich seine Spuren. Sein Esel wurde bei einer Suchexpedition gefunden und Jahre später in einer Schlucht auch sein leerer Rucksack. Man vermutete, Ruess sei bei einer seiner riskanten Klettertouren abgestürzt oder von Viehdieben ermordet worden. An zwei Orten habe man in den späten dreißiger Jahren Felsgravierungen von Ruess entdeckt, mehrmals das Wort *Nemo* und dazu jeweils die Jahreszahl 1934. Das alles sei seit der Überflutung des Lake Powell nicht mehr zu sehen, stand in den Anmerkungen.

Vor dem Zeitungsgeschäft traf er den Haslauer Anderl. Gerade, als Wessely die Stufen zum Laden hinaufsteigen wollte, kam der Anderl mit einer Stange Zigaretten herunter und versteckte sie auf der ihm abgewandten Seite unter der Achsel. Du weißt doch, dachte Wessely, ich ordinier' nicht mehr, rauch' so viel du magst, ich bin nicht mehr dein Arzt ... Er hob bloß seinen Arm: Servus, Anderl. Es war eine Ewigkeit her, seit sie zusammen Bergtouren unternommen hatten. Hätte Wessely damals in seinen jungen Jahren mehr Zeit gehabt, hätte er wahrscheinlich nach und nach mit dem Anderl, der Jahre später sogar in einer Seilschaft am Nanga Parbat mitgeklettert war, richtige Bergtouren unternommen, sie hatten einmal vom

Montblanc gesprochen. Doch dann fror der Anderl sich in Chile alle Zehen seines linken Fußes ab und konnte nur noch spazieren gehen. Hätte ich ihm, dachte Wessely, sagen sollen, dass auch ich nun das befreiende Gefühl der unendlichen Weite erlebt habe, und dies, ohne bei Stein- und Eisschlag viertausend Meter hoch klettern zu müssen?

Er war wieder auf dem Nonnberg gewesen, aber Anna war nicht anwesend, sie sei auf einer Konferenz in Eichstätt, erklärte eine Nonne an der Pforte. In dem düsteren Kircheninneren sah er dann im hinteren – ältesten erhaltenen Bereich – drei Fresken aus dem Mittelalter, die, wie er in einem Heftchen las, bei Renovierungsarbeiten ans Licht gekommen waren. Als er einen beinah versteckten Knopf sah und drückte, wurden die Bildnisse beleuchtet. Nur schwer konnte er sich davon lösen. Wie damals auf der Reise plötzlich ein Gefühl, hinübergezogen zu werden in andere Zeiten und Seinszustände. Eine laute Touristengruppe betrat die Kirche, als er ohnehin gehen wollte.

Das ging ihm jetzt im Kopf herum, während er auf dem Parkplatz auf das Taxi wartete: Der Patron des »Grünen Baums« hatte ihm mitgeteilt, Monica Signorelli sei depressiv gewesen, er erinnere sich gut an sie. Alle paar Tage habe sie mit ihrem Therapeuten in den Vereinigten Staaten telefoniert. Es habe ihr im Grünen Baum so gut gefallen, dass sie am Abreisetag ihr Zimmer bereits wieder für den nächsten Sommer habe reservieren lassen. Dann jedoch hätten sie nie mehr etwas von ihr gehört. Sie waren in einem Winkel des rustikalen Aufenthaltsraums gesessen, Herr Blumschein hatte selber den Kamin geheizt. Das Haus sei noch etwas ausgekühlt, sie würden ja erst in zwei

Tagen wieder öffnen. Wie dumm von mir, sagte Wessely, ich hätte wissen sollen, dass ihr bis Ende November geschlossen habt. Haben Sie wieder eine schöne Reise unternommen? Auf Monica waren sie zu sprechen gekommen, weil Blumschein erwähnte, sie hätten im letzten Sommer ungewöhnlich viele amerikanische Gäste gehabt, darunter alleinreisende Damen, welche vor Jahren mit ihren Ehemännern dagewesen seien. Und Wessely hatte ihn gefragt, ob er sich an eine Mrs. Signorelli erinnere, die sich damals in der Prossau den Knöchel angeknackst hatte. Als er aus dem Fenster schaute, hatte er gesehen, dass es in großen dichten Flocken schneite, und er fragte Blumschein, ob er wisse, wie der Weg in die Prossau derzeit beschaffen sei. Dieser meinte, Wessely solle sich lieber mit der Kutsche hinfahren lassen. Sie stehe wahrscheinlich schon auf dem Parkplatz, der Eckschlager fahre jeden Tag um diese Zeit mit seinen beiden Rössern bis zum *Gasthof Prossau*. Dort spanne er – wie Wessely wahrscheinlich wisse – seine beiden Pferde für eine Stunde aus und fahre dann zurück. Aber er hatte jetzt allein sein wollen, trank den Kaffee aus und bat ein Mädchen an der Rezeption, ihm ein Taxi zu rufen.

Gar nichts hat sich verändert in meinem Leben, war ihm auf seiner Wanderung ins Nassfeld bewusstgeworden, bei der er bis zu den Schienbeinen in federleichtem Neuschnee gewatet war. Während des nächtlichen Rückflugs von Salt Lake City nach Frankfurt, als die meisten schliefen, hatte er sich ausgemalt, wie er sein Leben nach dem Tod des Vaters einrichten würde; eine kleine Wohnung kaufen, ein Domizil für sich allein, vielleicht in Hofgastein. Endlich Lesen, Musik hören. Die alten Schallplatten endlich austauschen gegen CDs, Schubert, Bach, Mahler ... Das Vaterhaus musst du verlassen, hatte er sich vorgenommen, vorübergehend oder für immer. Solange er im alten Haus blieb, lebte er nahe der Praxis, auch wenn sie leer stand, und um ein neues Leben zu beginnen, das war ihm klargeworden, musste er sich radikal von seiner ärztlichen Tätigkeit verabschieden, wenn er auch noch gar nicht wusste, wie dieses andere Leben beschaffen sein sollte. Zu den Abenden im Lions-Club würde er ab und zu gehen, dort hatte er zwei, drei Kollegen, mit denen er reden konnte. Aber bei den Büffets der Pharmafirmen werden sie mich nicht mehr sehen, sagte er sich.

Eine frühere Patientin – wie lang mochte das her sein? – lag im Thermalbad zufällig im Liegestuhl neben ihm. Sie erkannte ihn sofort, nickte ihm zu, er erwiderte ihren Gruß. Sie war damals, als er sie als Frau – zwar so liebenswürdig, wie es ihm möglich war – zurückweisen musste, nicht mehr in die Ordination gekommen. Aber jetzt? Jahre später hatte er in einem Tagebuch von Hans Carossa von einem ähnlichen Fall gelesen, auch er war als Arzt nicht bereit gewesen, eine Liebesbeziehung mit einer attraktiven Patientin einzugehen, so schwer es ihm auch gefallen sein mochte. Wäre diese Frau weiterhin gekommen, dachte er, und hätte sie mich noch einmal so angeblickt, wer weiß, was geschehen wäre. Ein rothaariges Mädchen erschien jetzt, ihre Tochter wahrscheinlich, griff nach einem Handtuch, trocknete sich ab; die beiden entfernten sich bald. Ihm fiel dann im Schwimmbecken, während er seinen Rücken von einer Düse massieren ließ, eine Stelle im Briefwechsel oder eine Tagebucheintragung von Carossa ein, wo dieser über seine Freundschaft mit Alfred Kubin berichtete: Wie sie sich manchmal gegenseitig in Passau und Zwickledt besucht hatten. Einmal, schon in der Nacht, seien sie so in ein anregendes Gespräch versunken gewesen, dass sie sich noch nicht trennen wollten. Kubin spazierte mit seinem Freund bis zu dessen Haustür in Passau; Carossa wiederum hatte dann Kubin die weite Strecke zurück bis nach Zwickledt begleitet. Mit Wehmut erinnerte er sich an diese Stelle in den Tagebüchern. Warum es leugnen: Einmal vor vielen Jahren hatte er sich ja doch mit einer Patientin eingelassen, einer jungen Frau aus Nürnberg, der ihre Medikamente ausgegangen waren; er erinnerte sich immer noch daran, wie sie nach Butterbrot gerochen hatte.

Abends hatte er die Mappe mit seinen Reiseaufzeichnungen wieder zur Hand genommen, hatte darin geblättert, da und dort einen Absatz gelesen, und auf einmal ging ihm durch den Kopf, wie er sich vor ein paar Tagen, als er zum Bahnhof spazierte, an den ersten Tag seiner Reise, an die magische Stunde im *Land Of Standing Rocks* zu erinnern versucht hatte; wie die Erinnerung beinah verblasst war, als wäre es eine beliebige … Und fragte sich, ob er womöglich mit der Niederschrift seiner Reiseerinnerungen die Reise vernichtet habe? Die Abfahrtszeiten der Schnellzüge nach München hatte er sich am Bahnhof notiert – er musste demnächst einmal ein paar Tage weg von Gastein.

In den Geschäften wurden bereits die Weihnachtsdekorationen angebracht. Während er die schmale Gasse zum Thermalbad hinaufspazierte, um sich eine Zeitung zu kaufen, fiel ihm ein Weihnachtsabend seiner Kindheit ein.

Damals – er mochte um die acht Jahre gewesen sein – schienen die Eltern sich gut verstanden zu haben. Der Moment, als sie, die Kinder, die Tür zum Wohnzimmer öffnen durften: was für ein Glanz, was für ein banges Hochgefühl, als überträten sie die Schwelle zu einer heiligen Sphäre. Ähnlich, fiel ihm ein, empfand er im Horseshoe Canyon in der Dämmerung, als er zum zweiten Mal – dieses Mal mit Everett – zu dem Felsenvorsprung hinaufgestiegen war, über welchem die hohe Wand verlief, auf der die geheimnisvollen prähistorischen Felsbilder zu sehen waren. Darüber etwas aufzuschreiben war ihm bis jetzt nicht gelungen.

Heute Früh wieder ein paar Zentimeter Neuschnee, und es schneite dann auch am Vormittag in dichten Flocken. Er marschierte den weiten Weg zur Autowerkstatt Kreci, um seinen Wagen abzuholen. Neuer Auspuff, neuer Vergaser, neue Winterreifen. Die Prüfplakette, sagte der Mechaniker, hätten sie ihm nur geben können, weil sie einiges am Chassis geschweißt hätten. Ja, das ist mir schon klar, hatte er geantwortet. Er hing an dem alten Mercedes-Geländewagen ... Wenn er daran dachte, wie oft er im tiefen Winter in entlegene kleine Ortschaften zu einschichtigen Bauernhöfen gerufen worden war; nie hatte das Auto ihn im Stich gelassen.

Ein neues Leben, wie er es sich vor seinem Rückflug in Aufbruchsstimmung erträumt hatte, schien immer ferner zu rücken. Und wie sollte denn auch ein solches Leben beschaffen sein? Sein bisheriges, *erfülltes* Leben – wie man so sagt – konnte und wollte er nicht einfach abschütteln, er hatte nichts zu bedauern oder zu bereuen. Aber er hoffte, es bliebe ihm noch genügend Zeit, um in andere Räume einzutreten. Allerdings, neue, anregende Menschen, Frauenbekanntschaften würden hier in Gastein kaum möglich sein. Früher einmal hatte er sogenannte soziale Kontakte gehabt; irgendwann war ihm klargeworden, dass diese Menschen ihn langweilten. Ihre politischen Ansichten hatten ihn aufgeregt, so dass er manchmal eine Runde verlassen musste. Er verstand nicht, wie es möglich war, dass fast immer das niedrige geistige Niveau über ein höheres dominierte. Seine Gedanken kreisten beim Spazierengehen manchmal um ein Domizil in Wien, Graz oder sogar München. Und immer wieder einmal dachte er an Moab. Everett Ruess: die Vorstellung, er hätte sich – wie damals unter anderem kolportiert wurde – in ein Indianermädchen verliebt und sei in einen Stamm der Navajos aufgenommen worden, gefiel ihm.

Der Schnee bedeckte jetzt anscheinend die ganze Welt. Früher, fiel ihm ein, war das, was die Bauern von ihren Gehöften auf den Berghängen aus und was die Bewohner von Gastein hang- und talwärts sahen, die ganze Welt. Nur wenige haben sie je verlassen. Unter dem Kaiser dienten sie vielleicht zwei, drei Jahre in Krakau oder Mähren. Ob sie weniger *erlebt* haben als wir heutzutage? Wahrscheinlich nicht.

Jedes Mal, wenn er in den letzten Jahren und Jahrzehnten Patienten oder Bekannte in Gastein über ihren *Pensionsschock* hatte reden hören, wie sie darunter litten, nicht mehr berufstätig zu sein, dem Kreis von Kollegen nicht mehr anzugehören und so weiter, hatte er sich gesagt: Darunter jedenfalls werde ich einmal nicht leiden. Und nun auf einmal merkte er von Tag zu Tag stärker: Auch er befand sich in dieser Falle. Die Reise war vorüber, sie beschäftigte ihn zwar immer noch; das Schreiben über die Reise war – vorläufig jedenfalls – abgeschlossen – was sollte er jetzt tun? Endlich die Bücher in die vor einer Woche aufgestellten neuen Regale einordnen? Zum Lesen war er immer noch zu unruhig und auch zum Hören von Musik.

Während er im Schneematsch inmitten von schwarzgekleideten Leuten hinaufstieg zur Hofgasteiner Kirche, um in der Trafik eine Zeitung zu kaufen, blieb er beim Schuhgeschäft stehen. Demnächst musste er gefütterte Stiefel kaufen; er schaute in die Auslage mit den Männerschuhen und sah jemanden vor sich. Ihm schien, das Spiegelbild gegenüber sei nicht er. Dieser Kopf mit dem in die Stirn gedrückten Hut, dieses unrasierte Gesicht kam ihm fremd vor. »Grüß Gott, Herr Doktor«. Er drehte sich um: Frau Hainzl, die frühere Sprechstundenhilfe in einem schwarzen Lodenmantel. Vor bald einem Jahr war sie in Pension gegangen. Und da Wessely dies ebenfalls bevorstand, hatte er sich die letzten Monate allein durchgewurstelt, so dass für ihn wochentags kaum einmal vor acht Uhr abends Feierabend war. Sie hatte sich nie mit dem Computer anfreunden können und nahm es Wessely – als wäre das seine Entscheidung gewesen – übel, dass sie nicht wie früher hatten weiterarbeiten können, so dass er sie abends, bevor sie die Praxis verließ, einmal fragte, ob es für sie nicht besser wäre, wenn sie sich eine andere Arbeit suche ... Nach ein paar banalen Floskeln verabschiedete sie sich wegen der Begräbnisfeierlichkeiten. Wer ist denn gestorben? wollte er sie noch fragen, aber sie hatte sich bereits abgewandt. Wie geht es Ihnen jetzt in Ihrem Ruhestand? hatte die Hainzl gefragt, wohnen Sie denn jetzt auch in Hofgastein? Immer wieder in seinem Leben hatte er erfahren, wie banale Fragen etwas in ihm auslösen konnten. Oft war er gerade so beschäftigt gewesen, dass er sich auf einem Rezeptblock ein Wort notierte – und dann, am Nachmittag, bevor er die Praxis verließ, konnte er sich an den Gedanken nicht mehr erinnern, bedeutete dieses Wort oder dieser Satz gar nichts mehr. Manchmal hatte er es früher erlebt, dass Bäuerinnen oder Holzfäller bemerkenswerte Überlegungen anstellten, aber das war, bevor es in jeder Stube ein Fernsehgerät gab. Doch jetzt ging ihm das Wort *Ruhestand* im Kopf herum, eigentlich ein fürchterliches Wort, nicht weit entfernt vom Wort Sterben. Jene Leute auf dem Land, die sich früher in hohem Alter in ein »Einleger-Zimmer« zurückzogen, freiwillig oder unfreiwillig, haben ja sehr oft dann tatsächlich nicht mehr lange gelebt.

Der Band mit den Predigten und Traktaten des Meister Eckhart war eingetroffen, beinah tausend Seiten stark. Ein schmaler Auswahlband, schien ihm, wäre besser gewesen. Warum bin ich so weit entfernt vom Zustand des Müßigseins? Mit welcher Vorfreude hatte er während seiner Reise immer wieder einmal an sein künftiges Leben gedacht, vor allem in Hinsicht auf die viele Zeit, die er dann haben würde. Und jetzt war da nichts von Weite zu sehen oder zu spüren. Vielleicht bin ich bloß ungeduldig, dachte er. Immerhin hatte er über seine Reise geschrieben. Aber seither war sie beinahe aus seinem Kopf verschwunden. Everett Kish hatte ihm erzählt, Ruess habe Ibsen gelesen, Thomas Manns *Zauberberg* und Dostojewskij. Jedes Mal, wenn er von Los Angeles aufbrach, habe er ein paar Bücher in eine der Satteltaschen gepackt. – Den Meister Eckhart steckte er fürs Erste zu den sieben Büchern im Regal, die zu lesen er sich vorgenommen hatte. Noch war er nicht dazu bereit, und er wollte ja das Wort Eckharts vom Lassen oder Seinlassen beherzigen.

Auf seinem Schreibtisch stand der Becher mit den Schreibgeräten aus der Praxis. Er sah sich an seinem Tisch sitzen, links der Computer mit der Tastatur, der Becher mit Kugelschreibern und Bleistiften von den Pharmafirmen, Medikamentenpackungen, die er noch nicht in das hohe schwarze Regal geräumt hatte, in dieses Regal, in dem sich ja beinahe eine ganze Apotheke befunden hatte. Kleine Geschenke der Pharmafirmen, solche, bei welchen er es nicht fertigbrachte, sie der immer ein wenig gereizten Frau Hainzl anzubieten – die ihm gleich den nächsten Patienten hereinschicken würde … Dieser klopfte an die angelehnte Tür, trat ein, setzte sich, sagte, wo es ihn drückte, Wessely untersuchte, stellte fest, sagte etwas zum Patienten, tippte ein Rezept in den Computer oder eine Überweisung für einen Facharzt oder ins Krankenhaus Schwarzach, verabschiedete, schaute auf die Uhr … Plötzlich wischten die Jahre an ihm vorüber, und er dachte: Aber das war ja nicht nichts!

Er war nach Salzburg gefahren, um eine MRI-Untersuchung seines Knies, das wieder schmerzte, machen zu lassen. Der Zug voller Italiener, er hatte vergessen, dass es schon seit einiger Zeit auch einen Advent-Massentourismus gab, Events, Andachtsjodler, Glühwein- und Einkaufsräusche. Sein Freund Hans hatte damals, bevor sie auseinandergegangen waren, jene Massenpanik in Deutschland mit wer weiß wie vielen Toten angesprochen, das könnte einmal auch in unserer Getreidegasse passieren, wenn noch mehr Touristen sich da hineinquetschten. In der Chirurgie im Landeskrankenhaus traf er den Primar Reisenbichler. Dieser fragte als Erstes, ob er sich nun endlich das neue Boot gekauft habe. Als er Wesselys fragenden Blick sah, merkte er selber, dass er ihn mit einem anderen Kollegen verwechselte, und Wessely erinnerte sich, dass Reisenbichler – früher wenigstens – jedes Wochenende an der Adria verbracht hatte, wo er ein großes Boot in einem Jachthafen liegen hatte. Wessely berichtete von seinem wieder schmerzenden rechten Knie: Er hoffte, eine Operation vermeiden zu können. Reisenbichler tastete das Knie ab, als er eine empfindliche Stelle erwischte, rief Wessely unwillkürlich: Aua. Falls doch einmal eine Operation notwendig sein sollte, sagte Reisenbichler, dann melde dich, ruf' an, ich nehm' dich gern.

Die täglichen Bus- und Bahnfahrten zum Gymnasium in Sankt Johann fielen ihm ein, und wie er einmal, weil er verschlafen hatte, rasch im Frühstücksraum des Hotels etwas aß und trank ... Wie zufällig der Vater hereinschaute und ihn anschrie, er hätte hier bei den gedeckten Tischen nichts verloren. Wie er sich den Rucksack übergezogen hatte und zum Bahnhof gelaufen war ...

Ein Brief von seiner Tochter Hanne versetzte ihn zu Mittag in Hochstimmung, so als wäre er plötzlich wieder angeschlossen an die Kraftquellen dieser Welt, wie er es ja im Reich von Canyonlands immer wieder erfahren hatte. Hanne würde vielleicht im nächsten Jahr nach Österreich kommen. Ob er sie mit Lisa im Sommer für einige Wochen im Haus unterbringen könne, fragte sie. Zuerst wollte er ihr sofort antworten. Zwölf Tage war der Brief unterwegs gewesen. Weihnachtsgeschenke würden nicht mehr rechtzeitig ankommen. Aber was hätte er ihr auch schenken können? Hanne schrieb, sie lese Joseph Roths *Radetzkymarsch* auf Englisch, da es ihr nicht gelungen sei, eine deutsche Ausgabe zu bekommen. Jetzt bedauerte er, dass es nicht Sommer war, er hätte große Lust zu einer langen Wanderung gehabt, vielleicht zum Reed-See hinauf. Aber hinaus musste er jedenfalls. Vielleicht zum Felsenbad, sich in dem Restaurant dort mit einer Zeitung hinsetzen und dann etwas essen.

Auf den Stufen hinauf zum Kloster Nonnberg war schlecht gestreut, er rutschte ein paarmal aus. An der Pforte fragte er nach Anna. Die gebrechlich wirkende, sehr alte Schwester griff zum Telefon und sagte ihm dann, die Äbtissin erwarte ihn in fünf Minuten in der Kirche. Er trat hinein, es war kalt und sehr düster in dem weiten hohen Raum, den Altar vorne konnte man gar nicht erkennen. Auch dieses Mal warf er fünfzig Cent ein und betrachtete die Fresken der beiden Heiligen aus dem Mittelalter. Am meisten berührte ihn wiederum das Antlitz Benedikts; grandios jenes von Papst Gregor, gleichermaßen demütig wie den Herrscher ausdrückend. Er hörte Schritte, drei Schwestern, in der Dunkelheit kaum wahrnehmbar, kamen aus einer unsichtbaren Pforte rechts vor dem Altar. Anna trat lautlos auf ihn zu, begrüßte ihn leise, aber fröhlich: Ich habe dir doch gesagt, dass ich nur am Vormittag Besuch empfangen kann. Wir Schwestern treffen uns jetzt zur Vesper. Er sah, wie die beiden anderen Nonnen ein paar kleine Lichter anzündeten. Leider muss ich dich bitten zu gehen, wir schließen das Kirchentor. Komm doch bald einmal, ruf mich vorher an. Und Wessely hatte ihr die schöne Auswahl-Ausgabe mit den Werken Eckharts zeigen wollen, die er vorher in der Dombuchhandlung entdeckt hatte, sie fragen wollen, ob sie Meister Eckharts Schriften gelesen habe. Auf der Rückfahrt im Zug suchte er im Index den Begriff »Gelassenheit« und machte sich Notizen. Am Ende seines Lebens musste Eckhart sich mit den Anklagen der kirchlichen Inquisition herumschlagen. Dabei erinnerte er sich, dass gerade im Gasteiner Tal viele Protestantenfamilien, Bauersfamilien vor allem, vom damaligen Fürsterzbischof Firmian aus ihren heimatlichen Häusern und Höfen vertrieben wurden, wenn sie nicht in den Schoß der katholischen Kirche zurückkehrten. Um die dreißigtausend im Land Salzburg, wenn er sich richtig erinnerte. Manche hatten sich dann Höfe in so abgelegenen Tälern errichtet, dass die kirchlichen Häscher sie nicht entdeckten. Die meisten flüchteten in alle Weltrichtungen.

Zu Hause blätterte er wieder in dem Band über die Felsmalereien. Die Indianer der Vergangenheit hatten anscheinend die Vorstellung eines personalen Gottes, sie hatten Gebete formuliert und Gebote, aber es hatte offensichtlich keine herrschsüchtige Priesterschaft mit Anführern gegeben. Und er stellte sich vor, dass Meister Eckharts »Seinlassen« auch für die indianische Lebensweise eine Rolle gespielt haben könnte. In der Früh beim Zeitunglesen ging ihm eine Meldung nicht aus dem Kopf: Für den Kongresswahlkampf der vergangenen Monate sollen die amerikanischen Parteien zwei Milliarden Dollar ausgegeben haben.

Wie weit bin ich entfernt von den geistigen Höhenflügen meiner jungen Jahre, dachte er, als er am Vormittag mit den neuen Goretex-Stiefeln auf das Nassfeld wanderte. Am Nachmittag brach ja jetzt allzu früh die Dunkelheit herein und verhinderte ein längeres Gehen – leicht konnte man vom Weg abkommen. Ein Hüttenwirt, der mit seinem schlingernden Jeep viel zu schnell auf der zwar geräumten, aber trotzdem stellenweise rutschigen Fahrbahn daherkam, hupte ihn an, weckte ihn aus seinen Gedanken: dass ja hier vermutlich schon vor viertausend Jahren Menschen gelebt – jedenfalls auf dem beschwerlichen Weg über die hohen Berge in den Süden Station gemacht hatten. Nach einer Weile kam ihm der Bus aus Sportgastein entgegen, und er winkte dem Fahrer. Es reichte ihm für diesen Tag. In drei oder vier Tagen eröffneten die Lift- und sonstigen Anlagen in Sportgastein die Skisaison, dann war hier wegen des starken Autoverkehrs das Wandern nicht mehr möglich. Während der Fahrt fiel ihm ein, dass er Hanne einige Bücher schicken wollte, Joseph Roths *Radetzkymarsch* und *Beide Sizilien* von Lernet-Holenia; die Erzählungen von Roth hatte er noch nicht gefunden.

Habe ich bloß für meine Patienten gelebt? überlegte er. Würde ihn auf dem Nassfeld eine Schneelawine erwischen, während er auf den Anschlussbus nach Bad Gastein wartete, ihn wegreißen und zudecken, würde niemand ihn vermissen. Im späten Frühjahr während der Schneeschmelze fänden sie ihn dann. Er erinnerte sich, gelernt zu haben, dass man bei solchen Lawinenunglücken meistens wegen des extremen Luftdrucks sterbe.

Immer wieder einmal in den vergangenen Jahren hatte er sich vorgenommen, im Ruhestand Goethe zu lesen. Die Goethe-Ausgabe des Großvaters war in so schlechtem Zustand, dass er sie zu den Sachen für den Flohmarkt gepackt hatte. Sein Kollege Struber in Zell am See hatte ihm vor Jahren von einer neuen Goethe-Ausgabe erzählt, die er subskribiert habe. Nach dieser fragte er heute in der Dombuchhandlung in Salzburg. Herr Kerschbaumer hatte einige Bände dieser Ausgabe im Geschäft. Der *Apparat* sei hervorragend, sagte er und reichte ihm einen Band, auf dem allerneuesten Stand. Die Bände waren dick, keiner unter tausend Seiten. Wessely sagte, er würde es sich überlegen, es eile ja nicht. Eine Ausgabe mit weniger Kommentar wäre ihm aber lieber. Der Buchhändler überlegte und sagte, er wolle ihm etwas zeigen. Wessely folgte ihm ins Magazin. Da stand hoch oben in einem Regal eine Goethe-Ausgabe. Kerschbaumer griff einen Band heraus, zog ihn aus dem Pappschuber, reichte ihn Wessely. Das schöne Buch hatte ein handliches Format, dunkelgrünes Leinen, ohne Kommentar, aber, wie der Buchhändler bemerkte, mit ausführlichen Einleitungen und Indices. Ja natürlich, sagte er, wir schicken Ihnen die Ausgabe, aber es wird eine Weile dauern, wir müssen jeden Band extra verpacken; so wie unsere Post heutzutage die Pakete herumwirft, muss man ja für die Bücher jedes Mal das Schlimmste befürchten.

Der Primar Mansfeld, der vor zwei Tagen den Ehrenring der Stadt Salzburg erhalten hatte, berichtete ihm nachher am Büffet, das erste Jahr in seiner Pension sei das schrecklichste gewesen. Zuerst habe er nichts Besonderes bemerkt, er sei mit seiner Frau nach Teneriffa geflogen, sei viel geschwommen … Nach einem halben Jahr habe es ihn dann plötzlich überfallen: Magenbeschwerden, nicht nachlassende Hüftschmerzen, hohe Blutzuckerwerte, Cholesterin … Mit dem geruhsamen Leben, in welchem er endlich das alles unternehmen wollte, wozu er nie gekommen war, sei es bisher nichts. Bücher, die er sich gekauft habe, seien immer noch ungelesen, eine Hüftoperation stünde an …

Solange er seine Spaziergänge und Wanderungen unternehmen konnte, ging es ihm einigermaßen. Jetzt, bei der enormen Schneehöhe, schaffte er es nur bis nach Böckstein. Es wäre dumm, von einer Reise zu erwarten, dass sie einen neuen Menschen aus einem machte, wie man es früher immer wieder einmal gehört hatte und wie er es sich auch in den Wochen vor dem Abflug vorgestellt hatte. Sobald man zurückgekehrt war, begann wieder der gewohnte Trott, das sogenannte Arbeitsleben – oder das *Pensionsleben*. Alles blieb beim Alten. Die Weichen wurden ja schon viel früher gestellt. Heute hatte während des Essens im Restaurant der Felsentherme immer wieder eine Frau zu ihm herübergeblickt, ihm auch einmal zugelächelt, eine Wienerin, wie er hörte, als sie dem Kellner ihre Bestellung aufgab. Er hatte unverbindlich zurückgelächelt. Eine attraktive Frau, ungefähr in seinem Alter. Ihm wurde wieder klar, dass er derzeit nicht bereit war für eine Beziehung zu einer Frau, weil er sich viel zu viel mit sich selber beschäftigte.

Nach oft ziellosem Herumirren auf verschneiten Wegen in den letzten Tagen blieb er nun meistens zu Hause, spazierte nur vormittags zum Felsenbad, trank Kaffee und las ein paar Zeitungen, aß zu Mittag. Everett Kish hatte Wesselys kurzen Brief, in dem er sich noch einmal für die Reise bedankte, kurz erwidert: If you want to come back next year, I would be ready ... Ab und zu hatte er in letzter Zeit tatsächlich – mehr als Gedankenspiel jedoch – überlegt, in Verbindung mit einem Besuch bei Hanne in Montreal – wenn sie einem solchen zustimmte – noch einmal nach Moab zu reisen.

Von den beiden dicken Bänden mit den Traktaten und Predigten des Meister Eckhart fühlte er sich erschlagen. Sich damit eingehend zu beschäftigen würde, so schien es ihm, sein restliches Leben völlig ausfüllen. Ach ja, die berühmte Frage: Wie hältst du's mit der Religion? Auch das hatte er jedes Mal, wenn es ihm in den Sinn gekommen war, auf später verschoben; manchmal in den Bergen ein seltsames Gefühl oder eine Ahnung, die Menschen seien zu abgestumpft für das Hintergründige, Unbegreifliche. Im Horseshoe Canyon hatte sich seiner ein Gefühl oder eine Ahnung bemächtigt von einer anderen Seinsdimension, es hatte ihn geschaudert. Letzten Mittwoch, als er beim Rasieren im Radio eine religiöse Sendung des Festes Maria Empfängnis hörte, eine Auslegung, wollte er die Geschichte im Neuen Testament nachlesen, aber auch dieses Buch war unauffindbar. Er notierte es auf seiner Einkaufsliste für den nächsten Salzburgbesuch. Mit zwei Stichwörtern aus dem Index der Eckhart-Ausgabe wollte er sich einmal beschäftigen, mit dem Begriff des *Lassens* und jenem des *Nichts*. Beides, so fühlte er, hatte mit seinem künftigen Leben zu tun. Zu Ostern und zu Weihnachten war er in all den Jahren meistens in die Kirche gegangen – nicht nur, weil die Mitmenschen in Gastein das vielleicht von ihm erwartet hatten. Ein religiöser Schauder oder eine andere besondere Empfindung hatte sich während der Messen nie eingestellt. Der christliche Leidensweg hatte ihn kaum beschäftigt, wenn er auch die überlieferte Figur Jesus als außergewöhnlich empfand.

Schlecht für den sogenannten Fremdenverkehr, dachte Wessely, gut für mich; der tagelange Regen hatte viel von dem Schnee schmelzen lassen. Für die *Schneekanonen* war es zurzeit – so stand es in der Zeitung – zu mild, das Skifahren nur in den höheren Regionen wie in *Sportgastein* möglich. Mit einem Taxi ließ er sich bis zum »Grünen Baum« fahren. In der engen Kurve auf halber Entfernung kam ihnen der Hotelbus entgegen, wahrscheinlich wurden Gäste vom Bahnhof abgeholt. An der Theke im Eingangsbereich bestellte er sich einen Kaffee, legte den Rucksack ab und blätterte auf seinem Tischchen in dem luxuriösen neuen Hotelprospekt. Ab übermorgen, hatte er den Portier telefonieren gehört, sind wir ausgebucht. Wessely winkte der Kellnerin. Vor dem Hotel sah er in einem wolkenfreien Bereich im Westen die Sonne schimmern. Er machte sich auf den Weg ins Kötschachtal. Nach einer Viertelstunde erreichte er die *Himmelwand*, wo vor ein paar hundert Jahren, wie ihm wieder einfiel, ein Kupferbergbau begonnen und bald wieder aufgegeben worden war. Vor der Tür des Cafés stritt sich ein älteres Paar auf Schwyzerdütsch heftig; wenn er die Frau richtig verstand, fühlte sie sich anscheinend nicht imstande, zu Fuß nach Badgastein zurückzugehen. In dem Waldabschnitt dann schüttelte er immer wieder aus den Bäumen heruntergefallene Schneebatzen vom Hut. Als er sich nach anderthalb Stunden um eine Wegbiegung herum dem *Gasthof Prossau* näherte, den Wald hinter sich ließ und am Horizont der eindrucksvolle Böcksteinkogel und die Tischlergruppe ins Blickfeld kamen, durchfuhr ihn ein merkwürdiges Gefühl: Das *Land Of Standing Rocks* stieg vor ihm auf. Ich hab es einmal gesehen, dachte er, es ist unverlierbar. Eine Stelle beim Meister Eckhart kam ihm in den Sinn, die er am Tag davor beim Blättern entdeckt hatte: Wenn Eckhart recht hatte, dann traf auch dies zu: Wäre ich nicht, so wäre auch *The Maze* nicht ... Wäre ich nicht, so wäre auch Gott nicht, hatte Eckhart geschrieben: »In meiner Geburt wurden alle Dinge geboren ...« Nie hatte er Sätze mit einer ähnlichen Sprengkraft gelesen. Aber hatte er nicht damals vor den grandiosen Monumenten ebenso gefühlt: Everett war plötzlich verschwunden gewesen, vielleicht hatte er seine Blase erleichtert. Und er, Wessely, war völlig allein auf der Welt, so hatte er für eine Weile gefühlt. Nein, genaugenommen war diese Stelle im Eckhart nicht zu verstehen, Eckhart selbst kam ja, wenn man seine Bücher aufschlug und las, aus einer beinah unvorstellbaren Vorzeit, in der anders gedacht und anders gefühlt worden war. Wie seltsam, für die Dauer eines Wimpernschlags war er in *The Maze* versetzt worden, obwohl nichts auf seiner Wanderung ihn daran hätte erinnern können. Die Landschaft hier war eine völlig andere, eine, die hauptsächlich von der Gewalt des Eises geformt worden war.

In der Lichtung am Wegrand lagen gefällte Baumstämme aufeinander. Er wischte die dünne Schneeschicht von dem obersten Stamm, setzte sich mit dem Rucksack als Unterlage hin und schloss die Augen. Obwohl es mindestens zwei Grad minus hatte, war ihm, auch weil die Sonne kräftig schien, warm geworden. Für einen Moment war er wieder auf dem mit rötlichem Sand und mit

Wacholderbüscheln bedeckten, schräg abfallenden, flachen Felsen gesessen und hatte über die zerklüftete Ebene schräg unter sich hinweg auf die drei rätselhaften, beinah sakralen Felsengebilde geschaut, die ziemlich genau in der Mitte zwischen den im Hintergrund aufragenden beiden Butten Elaterite und Ekker standen. Er dachte, in meiner Reiseerzählung hab ich den Zustand, in den dieser Anblick am ersten Reisetag mich versetzt hat, zu beschreiben versucht, aber er war für mich jenseits des sprachlich Erfassbaren gewesen. Es handelte sich um etwas Unaussprechliches; er hatte – wie viele Wochen war das schon wieder her – sogar davor kapituliert, das, was *sichtbar* gewesen war, zu beschreiben, ohne die Empfindungen, die es auslöste. Etwas hatte sich ihm gezeigt, das doch Materie war, Gestein, Form und gleichzeitig etwas wie strahlende, rätselhafte Energie. Seit unvorstellbaren Zeiten war es da gewesen, seit Ewigkeiten, so kann man Zeitläufe nennen, die dem Menschen unfassbar sind. Es zu schauen war wohl das höchste an Glücksgefühlen gewesen, was er je erlebt hatte, so als hätte er für einen Moment in das seit Anbeginn verlorene Paradies blicken dürfen. Er wünschte sich heftig, diese Erinnerung kehre irgendwann wieder, er war sicher, dies würde ihm helfen zu dem *neuen Leben* zu gelangen, das er sich so sehr wünschte.

Vor dem *Gasthof Prossau* stand Eckschlagers Kutsche, die beiden Rösser fraßen aus ihren umgehängten Heusäcken. Herr Eckschlager, dachte er, wird sich drinnen in der Stube wärmen und stärken. Heute fühlte er sich kräftig genug, noch ein Stück weiterzuwandern, obwohl der Weg ab dem Gasthaus nicht vom Schnee geräumt war. Nachdem er jedoch auf dem Weg in die Hintere Prossau bald bis zu den Schienbeinen im schweren Schnee versank, kehrte er um und stärkte sich im Gasthof mit einer Gulaschsuppe, bevor er sich auf den Rückweg machte.

Über nichts Geringeres als über Gott hatte er nachdenken wollen, sich ein wenig vorbereiten auf den nächsten Besuch, auf ein Gespräch mit Anna. Der Gedanke, der ihm beim Gehen kam, gefiel ihm: Bevor er den Weg zu einem neuen Leben suchte, musste er sich zuerst klarwerden über die Frage, die mittels Verstand nicht zu lösen war: Gibt es für mich Gott, ein Wesen wie Gott? – und egal, zu welchem Schluss er kam, erst dann, so schien ihm, wurde der Weg frei zu seiner *vita nuova*, welcher ja doch auch ein Zugehen auf das Nicht-mehr-Sein war. Vor allem musste er wieder zu sich selbst finden, nicht nur in besonderen Momenten. Eigentlich konnte er sich »Gott« nur als ein abstraktes Wesen – nur glaubend erfahrbar – vorstellen. Und was hieß das für ihn? Eine Unsterblichkeit vermochte er sich so wenig vorzustellen wie Himmel oder Hölle. Er konnte auch nicht glauben, der oder das *Allerhöchste* sei eine Art unbegrenztes Wesen, welches sich überall und nirgendwo im Universum befand und doch Anteil an allen lebenden und verstorbenen Menschen nehme. Es schien ihm jedenfalls, dass man über das Wesen »Gott« gar nicht nachdenken konnte, da die Menschen keine stimmige Vorstellung von der Beschaffenheit des Universums hatten und wahrscheinlich trotz aller technischen Geräte nie haben würden. War der sich aufplusternde Mensch nicht unendlich weit davon entfernt, Gott wahrzunehmen? Vor ein paar Tagen war er beim Blättern in einem Kunstband auf das berühmte Werk Michelangelos in der Sixtinischen Kapelle gestoßen: Gottvater und Adam, in luftigen Höhen schwebend, wie sie versuchen, sich die Hände zu reichen;

beinahe berührten sich ihre Finger. Aber in diesem winzigen Abstand, so schien es Wessely, war das ganze Dilemma besser als in Stößen von Gedrucktem für alle Zeit gesagt. Vielleicht war ja die Erfindung von Göttern ein Rettungsversuch der frühen Menschheit, als sie begriff, dass sie dem Bösen, dessen sie innegeworden war, etwas entgegensetzen musste. So leicht wie viele, die sich über die Vorstellung eines »Gottes« oder einer »höheren Wesenheit« lustig machten, dafür nur ein ungläubiges Kopfschütteln übrighatten, wollte und konnte er es sich nicht machen. Es wäre nicht schwer, sich über den einfältigen (was für ein schönes Wort!) Gottesglauben seiner Mutter lustig zu machen. Andererseits: An was glaubten die »Ungläubigen« nicht alles: an politische Systeme, an die Psychoanalyse, an das, was in der Zeitung steht, den *Fortschritt* usw. Wahrscheinlich, dachte er, würden wir Menschen verrückt werden, wenn wir nicht an irgendetwas glauben könnten. Das sogenannte »Wissen« ist so komplex geworden, so fachspezifisch, dass die gescheitesten Menschen nur etwas wie ein Teilwissen haben können. Alles andere muss geglaubt werden und wird geglaubt. Wenn man älter wird, erlebt man es, wie viel von ihrem Wissen die Wissenschaftler immer wieder zurücknehmen oder korrigieren mussten. Wessely konnte nicht daran glauben, dass der Mensch das allerhöchste Wesen im Universum sei. Wenigstens, dachte er, muss ich *in Betracht ziehen*, dass die Existenz eines unbegreiflichen höheren Wesens möglich ist. – Was wissen Hund und Katze von der Bibel? Auch Anna, schien ihm, als er nach dem letzten Besuch bei ihr am Nonnberg die Treppe hinuntergestiegen war, Anna und die ihren machten es sich zu leicht, und wahrscheinlich die meisten der Kirchendiener und der Kirchenmächtigen. Wahrscheinlich war bereits die Gründung dieser Kirche und anderer ähnlicher Institutionen und damit die Ausbreitung von Macht der falsche Weg. Vielleicht waren die Wandermönche einen besseren gegangen. Er begann auch zu zweifeln, ob Besuche bei seiner Schwester sinnvoll seien. Ihr Interesse an ihm schien ja ebenfalls gering. Am besten war wohl, nichts zu erwarten, wenn er wieder einmal den Nonnberg hinaufstieg.

Als er in der Früh die Tür öffnete, um die Zeitung hereinzuholen, saß eine schwarze Katze darauf, erhob sich erwartungsvoll, als habe sie auf ihn gewartet, konnte sich dann doch nicht dazu entschließen, hereinzukommen. Gehörte sie zu der Frau Blaas? In meinem Alter, dachte er, macht man wahrscheinlich schwerlich neue Bekanntschaften.

Beim Warten in der Schlange im Supermarkt fiel ihm ein, dass er sich ja im kommenden Jahr auf vieles freuen durfte: der mögliche Besuch von Hanne, Lektüre (die schöne Artemis-Ausgabe der Werke Goethes war eingetroffen), Wanderungen (merkwürdigerweise dachte er in letzter Zeit oft an den Reedsee – vielleicht, weil er bis zum Mai unerreichbar war? – an die Tour vom Kötschachtal aus hinauf zum See, der jedes Mal wieder begeisternde Rundblick von dort oben).

Beim Durchsehen und Sortieren von alten Papieren am Vormittag kam ihm ein Zettel in die Hand, auf dem ein Dürer-Zitat notiert war. Die Schriftzüge waren ihm fremd, es handelte sich wohl doch nicht um seine eigenen. Offensichtlich aus der Studienzeit, seither hatte er sich ja kaum mehr mit Kunstfragen beschäftigt. »Die Kunst kommt einem sehr leicht abhanden, und es bedarf zahlloser Gebete und einer gewaltig langen Zeit, um sie wieder zu erwerben.« Wahrscheinlich hatte die Maria Zittrauer ihm damals diesen Satz aufgeschrieben.

Der Chef des »Grünen Baums« hatte ihn angerufen: Ein Brief sei angelangt für ihn, einer Reservierung beigelegt, Mrs. Signorelli-Gordon habe für den ganzen Mai ein Zimmer reservieren lassen. Er ließ sich in einem Taxi hinfahren und las die wenigen Zeilen bei einer Tasse Kaffee: »My dear Michael, do you remember me? A lot has happened since I was in Gastein. I spent three years in jail, under false charges. Finally, last Christmas, my lawyer managed to get me out. I'd love to see you again. I'm planning on staying in Europe, maybe Switzerland.«

Er träumte, er sei mit dem Ausräumen seiner alten Wohnung beschäftigt. Es gab viele Zimmer, viele Schubladenkästen, und in einer Schublade fand er die Aufzeichnungen über seine Reise mit Monica in den Südwesten von Utah, schon etwas vergilbt. Er versuchte sich zu erinnern, wann er diese Reise unternommen habe, aber es lag so weit zurück, als wär's in einem anderen Leben gewesen. Auf einmal befand er sich mit ihr im Horseshoe Canyon. Monica streckte einen Arm aus und zeigte auf zwei sehr dunkelfarbige Figuren, sie bestanden nur aus einem kopfähnlichen Umriss, aus kantigen Schultern, und aus diesen Schultern wuchsen schlierenartige Bänder, die am Ende in feinen Windungen ausliefen. Monica bewegte sich auf diese Figuren zu. Er rief ihr nach, aber sie war schon verschwunden, und er überlegte, wie er sich ihr anschließen könnte, doch die schmale Öffnung hatte sich schon wieder geschlossen.

Wenn wir älter werden, dachte er, hören wir manchmal vor lauter Selbstgesprächen nicht mehr, was andere uns zu sagen haben. Am Vormittag ließ er sich in der Pensionsversicherungsanstalt in Hofgastein vom Kollegen Grünwald die Knochendichte messen. Während er Wessely untersuchte, erzählte Grünwald, dass er vor ein paar Jahren in Hofgastein ein Grundstück gekauft habe und darauf acht Ziegen halte. Wahrscheinlich, so Grünwald, schlage bei ihm das Bauerntum seiner Vorfahren durch. Seine Frau könne gar nicht verstehen, dass er so viel Zeit mit diesen stinkenden Tieren verbringe. Wessely hörte ihm kaum zu, er erinnerte sich plötzlich wieder an das Schaudern, von dem er in der letzten Nacht erwacht war, versuchte sich zu erinnern, was die Ursache gewesen sein könnte, ob am Tag davor etwas Besonderes vorgefallen sei ... Ein Schrecken ohne Inhalt, ohne Bilder. Es hatte ihn geschüttelt; als er völlig erwacht war, ließ es langsam nach. Und als dann unten am Parkplatz ein Auto gestartet wurde und sich entfernte, fühlte er, seine Welt war wieder im Gleichgewicht.

Beim Einreihen von Büchern in das neue Regal fand er endlich den Erzählband von Joseph Roth, den er für Hanne beiseitelegte, und auch das Paracelsus-Bändchen, welches er auf jenes Regalbrett stellte, wo er schon einige Bücher versammelt hatte, die er in nächster Zeit lesen wollte. Beim Blättern und Lesen da und dort fand er einen Satz, neben den er am Rand (vor wie vielen Jahren?) ein Fragezeichen gesetzt hatte: »Es gibt niemanden, von dem größere Liebe des Herzens gefordert wird als vom Arzt ...«

Beim Aufräumen am Vortag war ihm auch der Jahresbericht der Paracelsus-Gesellschaft in die Hand gekommen. Diesen Herbst gab es ja einen Grund, nicht an der Tagung teilgenommen zu haben. Sein Name stand in der Reihe der nicht entschuldigten Mitglieder. Aber den Aufsatz von Heinrich Schipperges würde er am Abend lesen. Schließlich setzte er sich mit dem Paracelsus-Buch an den Tisch. Seine Erinnerung hatte ihn nicht getrogen, da und dort fand er sogleich Sätze, die man mit jenen Meister Eckharts vergleichen konnte. (Ihm schien allerdings, man müsse Paracelsus' Schriften doch – so schwer sie zu verstehen sind – in seiner Sprache lesen und nicht in einer Übersetzung.) Es tat ihm jetzt manchmal leid, dass er sich nicht sofort nach dem Tod der Mutter hatte pensionieren lassen. Drei Jahre, dachte er, hätte ich für mein anderes Leben gewonnen gehabt. Andererseits: Wenn er auf seinem Stuhl in der Ordination gesessen war und der nächste Patient an die Tür klopfte und eintrat und er, der Arzt, fragte, wie geht es? Wo fehlt es? Es hatte ihm ja doch Tag für Tag viel bedeutet, eine Erkrankung lindern oder eine Heilung in die Wege leiten zu können, und sei es bloß, den Patienten an den richtigen fachärztlichen Kollegen zu überweisen.

Nachts befand er sich wieder im Horseshoe Canyon. Er war hinaufgeklettert auf den langgezogenen Felsenvorsprung, auf dem man der Wand mit den Felsbildern nahe war. Auf einmal waren diese Bilder wie in einem Film vor ihm abgelaufen. Plötzlich ein Stillstand, die Erscheinung des Holy Ghost kam auf ihn zu, und er erschrak fürchterlich. Von Angesicht zu Angesicht stand er dem Wesen gegenüber, es kam immer noch näher, er spürte einen Hauch, der von ihm ausging, und schließlich drangen seine riesengroßen Augen auf ihn ein – dabei erwachte er. Die übermenschlich große Figur war nicht wie auf der realen Felswand von anderen Figuren umgeben gewesen. Und ihr Mund war nicht verschlossen, sondern geöffnet gewesen, als drücke sie einen stummen Schrei aus. Er hatte, noch im Erwachen, das Gefühl gehabt, seine Grenzen verloren oder abgelegt zu haben. In der Küche trank er Wasser und schlüpfte wieder unter die Tuchent und dachte, ich muss jetzt auch das Schlafzimmer wenigstens tagsüber ein wenig heizen. Und öffnete unwillkürlich ein paarmal seinen Mund, so weit er konnte. Was hatte das zu bedeuten? Und versuchte sich abzulenken von dem Traum, indem er überlegte, was an diesem Samstagvormittag einzukaufen war. Sein Inneres beschäftigte sich immer noch mit der Reise ins Canyonland. Er war damit noch nicht fertig, würde es vielleicht – oder hoffentlich – nie sein. Everett Kish fiel ihm ein, wie er im Horseshoe Canyon in der Früh vor dem Rückmarsch mit seinen ausgestreckten Armen und Händen – wohl eine Art von Gebetshaltung – oben auf der Konsole vor der Felswand gestanden war. Wessely hatte sich zurückgezogen.

Während der meisten Zeit seines Lebens war ihm nie vorgekommen, dass das Leben kurz sei. Senecas Traktat hatte er während seiner Studienjahre gelesen – eigentlich nur, weil es auf Elisabeths Pult gelegen hatte. Ihm war damals vorgekommen, dass das menschliche Leben im Gegenteil unendlich lang dauere. Jetzt auf einmal war er also am anderen Ende angelangt.

Gastein, kam ihm in den Sinn, auf einem Felsenvorsprung erbaut wegen der Heilwässer, vielleicht ein verhexter Ort, vielleicht aber auch ein Sinnbild für unsere Welt. Wer hatte einmal vor langer Zeit gesagt, hier oben seien die Menschen Gott näher als unten im Tal? War es die Mutter gewesen? Eigentlich, wurde ihm bewusst, wollte er nicht fort von hier. Das Erdgeschoss des Elternhauses behalten und darüber drei Etagen mit Senioren? Würde ein solcher Betrieb sein künftiges Leben nicht allzu sehr beeinträchtigen? Aber die Mauern des Hauses waren dick. Die Einsicht, dass er nun selber ein Senior war, half dabei kaum. Vielleicht wäre es besser, nach einer Renovierung ins Dachgeschoss zu ziehen? Oder anderswo im Ort eine Dreizimmerwohnung kaufen? Dem Wiedersehen mit Monica wollte er vorerst nüchtern entgegensehen.

Erst seit er pensioniert war, war ihm so richtig klargeworden, dass er an dem Ort, wo er lebte, keinen einzigen Menschen hatte, den er *Freund* nennen könnte. Sein Leben war nicht verfehlt gewesen, aber wenn er den kulturellen Reichtum bedachte, den einzelne Menschen im Verlauf der Menschheitsgeschichte geschaffen hatten, und wie wenig davon er in sein Leben wirklich aufgenommen hatte …

Er erinnerte sich an eine große Innsbrucker Ausstellung Max Weilers, zu deren Besuch ihn während einer Ärztetagung vor vielen Jahren ein Kollege überredet hatte; von Weilers teilweise abstrakten Landschaftsbildern hatte er sich kaum trennen können, und es war Ritter, jetzt erinnerte er sich an den Namen des Kollegen, der ihn mahnte, in einer Viertelstunde müssten sie im Tagungshotel sein. Unbedingt hatte er dann ein Bild von Weiler kaufen wollen und hatte dies doch wie vieles andere wieder aus dem Gedächtnis verloren. Er erinnerte sich auch, dass Weilers Bilder ihm damals klarmachten, wie wenig wirklich Wesentliches es im Leben gibt; dass es darauf ankam, dies zu erkennen und sein Leben entsprechend einzurichten. Aber er hatte diesen Gedanken dann nicht weiterverfolgt. Ich könnte, dachte er, falls ich das Haus wirklich verkaufe, versuchen ein Bild Weilers zu bekommen, dieses dann im neuen Domizil an eine weiße Wand hängen …

Der letzte Tag des Jahres. Der Nebel würde heute in Gastein nicht mehr weichen. Gleich würde er den Computer zuklappen, sich anziehen, das Taxi bestellen, sich zum »Grünen Baum« fahren lassen. Ein Tisch im Speisesaal war bestellt – in dem Hotel war derzeit Hochbetrieb. Und dann ins frisch verschneite Kötschachtal, stellte er sich vor. Die unberührten Schneewächten an den Wegrändern – derzeit konnte er sich nichts Schöneres vorstellen. Am Abend beim Hinlegen würde er so erschöpft sein, dass die Knallerei rundherum ihn hoffentlich nicht zu wecken vermochte.

Inhalt